JN066532
私を選んで、あなたのキスで
〜運命のカノジョは私だけ！〜
星奏なつめ
イラスト：Parum

七星恵令奈
［ななほし・えれな］

妹みたいな後輩のカノジョ

「もしかして、似合ってない……？」

夜神瑠衣
［やがみ・るい］
転校生なカノジョと映画

フィオエレーナ

暗闇の中を、青い蝶の群れが飛び交う。
純白の花びらがぶわりと宙を舞って――。
気付けば聞こえるようになった、恋い慕うような切なげな声。
まるで見当もつかない『彼女』は……。
『ごめんね、
来世では絶対
幸せになりましょう……』

contents

私を選んで、あなたのキスで
～運命のカノジョは私だけ！～

星奏なつめ

MF文庫J

口絵・本文イラスト●Parum

第一章　運命の再会

「しっかし、何度来てもすげぇな……」

クラスメイトでもある親友・七星誠司(ななほしせいじ)の部屋で、陽高俊斗(ひだかしゅんと)は羨望(せんぼう)のため息をこぼす。

俊斗の部屋の二倍……いや、三倍はあろうかという広々とした空間には、勉強机にベッドに本棚……はいいとして、ゲーミングパソコンに高級ヘッドホンなどなど、子ども部屋とは思えぬ贅沢品(ぜいたくひん)がゴロゴロしている。

っていうかあの壁掛けテレビ、ウチのリビングのよりデカくね？

今座ってるこのソファも、ちょうどいい硬さで座り心地よすぎだし。

「あぁ、俺もこの家の子になりたい……」

自分の家に不満があるわけじゃないが、ごく一般の家庭に生まれた身からすれば、ただただ羨(うらや)ましい。

それにしても——男子高生の部屋とは思えぬほどのイイ香りがする。

ルームフレグランス的なやつ……も使ってそうだけど、これはたぶん——。

俊斗はチラリ。己の肩に寄り添い本を読む親友——の妹、七星恵令奈(えれな)を見やる。

ふんわりと巻かれたプラチナブロンドの髪に、淡いブルーの瞳。

清楚なワンピースから覗く、細くて長い手足。

クォーターなだけあって日本人離れしたルックスの彼女は、平たく言うと美少女……なんだろうけど、そんな言葉じゃ全然足りない。

類い稀な美貌は、絵本に出てくる妖精や女神にたとえた方が近いんじゃないか？　お気に入りの本——ロミオとジュリエットを読む様がもはやアートだ。

「陽高先輩もなれるんじゃないですか、ウチの子」

視線に気付いた恵令奈が、本から顔を上げて俊斗を見上げる。

「たとえばほら、私のお婿さんになるとか」

クスッと小首をかしげる恵令奈。シャンプー、それとも香水か？

ふわふわと揺れる髪から、男子高生の部屋らしからぬ甘い香りが広がる。

「や、さすがにそれは現実的じゃないでしょ」

「えー、そうかなぁ」

可憐な唇を尖らせた恵令奈は、ぼふん！　俊斗の膝に勢いよく体を倒した。

「あると思うけどなぁ、お婿さん」

あどけない笑みを浮かべた恵令奈が、膝の上でゆらゆらと頭を揺らす。

ったく甘えん坊だなぁ、すっかり枕代わりにされちまった。

自分にも妹がいるせいか、ふっと微笑ましく思う一方で——

前々から思ってたんだけど、距離感おかしくないか？　と危機感も覚える。

いくら自宅とはいえ、世の妹ってのは『兄の親友』の膝でこんなにまったりするもん？

ウチの妹——小町もかなりの甘えん坊だし、肩に寄っかかってくるとかは日常茶飯事。

それもあって恵令奈ちゃんの甘えっぷりも流してきたけど、さすがにこれは……。

膝の上ですりすりすり。子猫のように頰を寄せる彼女にドキリとしてしまう。

生暖かい熱気——ズボン越しに伝わる吐息が気まずいことこの上ない。

やっぱマズいよな。小町は小三だけど、恵令奈ちゃんはもう高一。

もし小町が恵令奈ちゃんの歳になってもこんなことしてたら……兄としてはすげぇ心配だし要指導案件だ！

「あのさ恵令奈ちゃん、前から思ってたんだけど、兄貴の友達とはいえ男に無防備すぎるの、どうかと思うんだけど……」

「先輩、恵令奈のことイヤ？」

「イヤとかそういうんじゃなくて……。世の中には不埒なやつもいるし、もうちょっと警戒心持った方が安全だよって話。ほら、過度なスキンシップはあらぬ誤解を……」

「安心してください。こんなことするの、先輩にだけですから」

恵令奈がぱちぱちと、つぶらな瞳で瞬きする。

なんだそっか、それなら安心……ってそれはそれでどうよ？

妙に懐かれてるとは思ってたけど、これってたぶん、そういうことだよな……？

「と、年上をからかうんじゃありません」

受け取れない好意を感じて穏便に誤魔化す。――と、不服そうな恵令奈がガバリと体を起こした。

「んもう、先輩ってば子ども扱いしすぎ！　私たち、たった一つしか違わないのに！」

「そうは言われても、初めて会ったとき恵令奈ちゃんまだ中学生だったし……」

それに『親友の妹』って前提があるから、たった一つ差でもすげぇ年下に思えるんだよな。

ていうか誠司、お茶取りにいったきり戻ってこないな。なんか気まずいし――

「そうだ俺、誠司の様子見に……」

「先輩、ロミオとジュリエットってどう思います？」

俊斗の脱出を阻むように、恵令奈が読んでいた本を掲げる。

「どうって、悲恋モノだっけ？」

大まかなあらすじしか知らないけど、敵同士の家に生まれた恋人たちが不幸なすれ違いの末に命を落とす……的な話だよな？

「逆に聞くけど、恵令奈ちゃんはその本のどこが好きなの？」

「だってそれ、前も読んでたろ？　歩きながら読むくらいだし、お気に入りとばかり……」

見覚えのある本の表紙に、恵令奈（えれな）と出会った日のことを思い出す。

初めてこの家を訪れた際、二階の階段から彼女が落っこちてきたのだ。この本を熱心に、それも歩きながら読んでいたせいで足を踏み外したらしい。

一階にいた俊斗（しゅんと）が慌てて抱き止め、大事には至らなかったが――。

「先輩、覚えててくれたんだ……！」

感激した様子の恵令奈が、可憐（かれん）に笑う。

「今度演劇部でジュリエット役をやるんです。だから読み直そうかなって」

「へぇ、じゃあ特別好きな話ってわけでもないんだ」

「気にはなりますよ？　ロミオとジュリエット、来世で結ばれたりしないのかなって。私が神様なら二人のこと絶対幸せにします。バッドエンドをハッピーに塗り替えるの」

そう語った彼女の声音はなぜだろう、驚くほど真剣だった。

「だって、それが運命だから――」

何かを強く訴えるような眼差（まなざ）し。

溢（あふ）れ出（で）る謎の迫力に、俊斗はゴクリと唾を呑（の）む。

「そ、そっか……恵令奈ちゃんってロマンチストなんだ……？」

「好き……？」

「ロマンチストなのは俊斗もだろ？」

不意に部屋のドアが開いて、スラリと背の高い美男子——誠司が入ってくる。

恵令奈と同じくクォーターではあるが、髪の色は暗めのブロンドで瞳はグレー。

現実離れした華やかさの妹に比べると、ずいぶん落ち着いて見える。

とはいえ涼やかな美貌の彼は学校でもモテモテ。貴公子だの王子だのと騒がれている。

フェンシング部のエースってのもポイント高いよなぁ。

つまり系統は違えど、見目麗しい兄妹には変わりないってことだ。

「はいこれ、今日は水出しハーブティーにしてみた」

手にしていたトレーから、誠司がグラスを差し出す。

ハーブティーって、なんか飲み物までお坊ちゃま感あるよな。ウチなら麦茶一択だ。

クスリと苦笑しつつ、ありがたく受け取る。

「てゆーか、俺がロマンチストってどゆこと？」

「だってよく言ってるだろ、前世の恋人の声が聞こえるって」

「あー、その話……。まぁ事実ではあるけど、急にそんなこと言ったら俺、妄想力高めのやべぇやつみたいじゃないか？」

前世の恋人の声が聞こえる——なんて話、普通は困惑しかないだろ。

俺だって自分の身に起きてなきゃ到底信じられないし、さすがの恵令奈ちゃんもドン引

きしてそう――と思いきや、

「前世からの声？　そ、それって具体的にはどんな!?」

引くどころか、すんげぇ食いついてきた。

「それがフラッシュバックの一種……なのかな。ふとした瞬間、青い蝶の群れが羽ばたくヴィジョンが浮かんで、『声』がするんだよね」

あれは一年前――高校に上がったころからだろうか。

気付けば『ある少女』の声が聞こえるようになっていた。

聞こえるといっても、いつも同じセリフだ。俊斗を恋い慕うような切なげな声で、

『ごめんね、来世では絶対幸せになりましょう……』

決まってそれだけを伝えてくる。その声を聞く度に、

――ああそうだ、俺は『彼女』を幸せにしなきゃいけない……！

そんな使命感にも似た衝動に駆られる。

だけど、その『彼女』が誰なのか、まるで見当もつかない。

青い蝶の群れが邪魔で『彼女』の顔は見えないし……。

「声の主は『来世』って言ってるし、前世の恋人か、それに近い誰かだとは思うけど、前

世のことなんて覚えてないしなぁ……」

謎の『声』について明かすと、さすがはロマンチスト。興奮した様子の恵令奈が前のめりになる。

「来世では幸せに……ってそれこそ悲恋の香り！　結ばれなかった二人が今度こそハッピーエンドを掴むんですね！　声の主、本当に心当たりはないんですか？　それこそロミジュリ読んでみたら悲恋繋がりで何か思い出すかもしれませんよ？」

「うーん、どうせ読むならもっと平和な話がいいかな。ロミオとジュリエット、名作なんだろうけど、バッドエンドってどうも苦手でさ」

「それならいっそ付き合っちゃいます？」

付き合うって、誰と誰が――？

聞こうとしたが、その必要はなかった。

あどけない上目遣いが『私と♡』と誘っている。

「誰かと付き合えば、前世の恋愛を思い出すきっかけになるんじゃないですか？」

「そんなお試しみたいなのダメでしょ」

「えー、不思議な声の謎も解けて、可愛い後輩とも仲良くできる。一石二鳥の名案だと思うけどなぁ」

「それって、単に恵令奈が俊斗と付き合いたいだけなんじゃ……」

フッと苦笑した誠司が、空いているスツールに腰掛ける。

「そもそも毎度のことながらなんで僕の部屋にいるかな。人のソファ占拠しないでほしいんだけど」

「だってぇ、私も先輩と遊びたいし……ってそうだ！　先輩、今日は私の部屋にも来ません？　天蓋付きのベッドありますよ？」

「や、あったところでどうしろと……」

「女の子のベッド、前世での濃密なロマンスを思い出すんじゃありません？」

長い睫毛をぱちぱちと瞬かせた恵令奈が、おませな瞳で見上げる。

ほんと絵になる美人だよなぁ。まだまだ子どもだけど、背伸びした色気が妙に艶っぽくて、見つめられるとすげぇ照れる。

それでもまぁ、あくまで『妹』なんだよな、俺にとっての恵令奈ちゃんって。

「前世の恋人、思い出せないならそれでもいい気がしてるんだ。なんつーか俺、恋愛とかまだピンと来ないし？」

これは受け取れない好意への予防線って意図もあるけど、半分は本当だ。

そりゃ俺だって健全な男子高生。笑顔で歌うアイドルにグッときたり、きわどいグラビアにドキドキすることはある。

けど誰かと付き合いたいとか、誰かを幸せにしたいとか、そーゆーのはまだよくわからないってのが正直なところだ。

それに——。

不思議な『声』の真相を突き止めたい気持ちはある。

だけど、いざ前世について考えようとすると、悪い意味で胸がざわめく。

開けてはいけない記憶の扉——まるでパンドラの箱だ。

ソレには手を付けるな、平和な『今』を守り通せ——。

そう本能が訴えているような——？

「思い出せないってことは、思い出さない方がいいのかもな……」

言い知れぬ不安に襲われ、ボソリとつぶやく。

「先輩……？」

心配そうに眉を寄せた恵令奈が、「そうだ！」と明るく話題転換。

「花火大会行きません？　もうすぐ乞来祭(こいこいさい)ですよ！」

「乞来……もうそんな季節か」

乞来祭というのは、毎年梅雨入り前の五月に行われる祭りだ。元は雨乞いの儀式だったらしいが、今じゃ『乞』と『恋』を掛けて恋来い——カップルやその予備群に人気のイベントになっている。

夏前の貴重な花火大会とあって、毎年賑(にぎ)わってるみたいだけど——

「祭りってすげぇ混まない？　わざわざ行かなくてもニュースの映像で充分っつーか……」

「前から思ってたけど、俊斗って隠居したお爺さん的なとこあるよね。まったりしすぎっていうか、覇気がなくてボヤッとしてる」

　呆れ顔で肩をすくめた誠司が「学校でもそうさ」と続ける。

「勉強も運動もできないわけじゃないのに、全然本気出さないだろ？　顔だって悪くないんだし、もっとシャンとすれば普通にモテそ……」

「んもぉ、お兄ちゃんってばう・る・さ・い！　いいんですよ、先輩はモテなくて」

　先輩には私がいますから！　とでも言うように、恵令奈が俊斗の腕に絡みついた。

　や、だから距離感……！

「とはいえ俊斗、ゲームすら理想の島作ったり、牧場広げたりするスローライフ系ばっかだし。今日こそは熱いバトル系、付き合ってくれよ？」

「いやいや平和が一番だろ。バトルとか心が休まんねぇし……ってそうだ！　それこそ花火ならゲームで……」

　スッ――。腕にくっついていたはずの恵令奈が、急に体を引っ込める。

「先輩、花火もゲームイベントで済ませる気ですか？　そのうち食事までゲームで！　とか言い出しそうで怖いです」

「けど乞来祭(こいこいさい)って混み方エグいじゃん？　もうやなんだよ、誰かの足を踏んだり踏まれたり……そんな負の連鎖は俺が断ち切ってみせる！」

カッコよさげに言ってはみたものの、恵令奈の冷たい視線が痛い。

「ま……まぁ、たまにはみんなでリアル花火も悪くないか。誠司も来るんだろ？」

「いや、今年の乞来祭って確か来週の日曜……」

スマホで日程を確認した誠司が「やっぱり……」と申し訳なさそうに首を振る。

「悪いけど、その日はフェンシングの練習試合があるんだ」

そんなの、試合の後ダッシュで来ればいいだろ、花火が始まるの夜だぞ？

……と言いたいところだが、フェンシング部を有する高校は数が少ない。練習試合とはいえかなりの遠出になるケースも多く、移動時間がハンパないそうな。

「そっか、じゃあやっぱ花火はゲームで……」

「え〜〜、お兄ちゃん抜きで行きましょうよぉ」

「や、でもなぁ……」

カップル予備群にも人気の乞来祭――二人で行ったら変に期待させそうだし……。

恵令奈ちゃんのことは『妹』にしか思えない。だからこそ誠実にいきたいっていうか、気を持たせるようなこと、したくないんだけど……。

「友達(ともだち)と行ってくれれば？　女の子同士できゃいきゃい楽しそ……」

「友達、みんな彼氏と行くんです」

ぶすっと唇を尖らせた恵令奈が、「私だけお留守番なんてヤダヤダ、私だって花火見たい見たい見た〜い！」と細く長い脚をバタバタさせる。

「このままだと私、一人寂しくお祭りに……。道すがら野犬に襲われたり、ＵＦＯに攫われそうになっても誰も助けてくれないんだわ怖〜い！　誰か一緒に行ってくれたら心強いのになぁ〜〜〜？　なぁ〜〜〜？　なぁ〜〜〜？」

や、野犬とかＵＦＯとか、たぶん俺がいても助けらんねぇし……！

けどあれだな、恵令奈ちゃんみたいな子が一人でお祭りって、変な男が群がる予感しかないし、危険ではあるよなぁ……。

「……しゃーない、保護者役として付き添ってやりますか」

「うにゃーん、ほんとですか？」

キラキラと瞳を輝かせた恵令奈が、「うれうれ嬉し〜っ！」と飛びついてくる。

「だから距離感！　過度なスキンシップは誤解のもとだって……」

「先輩になら誤解されてもいいも〜ん！」

すりすりすり。恵令奈がまたしても子猫のように頬ずりしてくる。

や、ほんとそーゆーのダメだって！

保護者よろしく注意しようとしたところで——

――ピシリ。

遠くの方で音がした。

卵の殻にヒビが入るような、かすかな――だけど確かな亀裂音。

「なぁ、今なにか聞こえなかったか？」

同意を求めるが、誠司(せいじ)たちには聞こえなかったらしい。

二人とも、ぶんぶんと不思議そうに首を振る。

変だな、確かに聞こえたのに――。

耳の奥の残響に、俊斗(しゅんと)の胸は妙にざわめくのだった。

五月にしては蒸し暑い夕方、俊斗は駅前で恵令奈を待っていた。

今日は約束の乞来祭(こいこいさい)。駅周辺はキャッキャとはしゃぐ人で賑(にぎ)わっており、多くの女子、それに男子までが浴衣でビシッとキメている。

俊斗はといえば、あくまで保護者役だとユルめの格好――ダボッとしたズボンに着古したTシャツなんぞで来てしまった。

もうちょいマシな服にすりゃよかったか……？

さすが『恋来い』――華やかなムードに気後れしていると、

「せーんぱい♡」

愛らしい声が背中に響いた。

振り向くと、優美に着飾った恵令奈の姿が。白地に淡いピンクの牡丹が咲く浴衣に、薄紫の帯を合わせている。

プラチナブロンドの髪は、ゆるふわのシニヨンに結い上げられており、露出が高いってわけでもないのに、うう……なんか目のやり場に困る。

いつもは幼い感じもあるのに、今日はやけに大人びてるっていうか……。

「じゃーん、どうですか？　浴衣美人ちゃんの参上でーす！」

賛辞を求めた恵令奈がその場で一回転――艶やかな浴衣姿を存分に見せつける。

後れ毛がこぼれる項が妙に色っぽ……って俺は保護者だぞ、しっかりしろ！

「おっ、いいじゃん！　写真撮って文化庁に寄贈したいくらい似合ってるよ。こんなに綺麗な浴衣娘、後世にも伝えなきゃ嘘だろ」

不届きな思考を一掃した俊斗は、娘の発表会を見守る父のごとくカシャ――麗しい浴衣姿をスマホのカメラにおさめる。

「よかったぁ……。大人っぽくしたの、似合わないって言われたらどうしようって、ちょっと怖かったんです」

賛辞しか受け取りませんけど？　みたいな顔をしていた恵令奈が嬉しそうにはにかむ。

「欲を言えば、先輩の浴衣姿も見たかったですけどー」

「あー、悪い。乞来祭って浴衣率高いのな。前に来たの、まだ小学生のころだし服装とか全然気にしてなかったわ」

「前って……そのときは誰と来たんです？」

和やかな空気が一変、恵令奈が急に怖い顔になる。

「誰って、妹だけど？　小町のやつ、当時はまだ幼稚園だったからなぁ。どうしても行きたいって駄々こねるから、俺が付き添ってやったの」

「なんだ、そうだったんですね。よかったぁ、私と巡り会う前に害虫に出くわしてたらどうしようかと♡」

ほっと胸を撫で下ろした恵令奈が、元の愛らしい笑顔で言った。

つーか害虫って何？　もしいたら何する気だったの……!?

恵令奈ちゃんって、意外と嫉妬強めなタイプかもしんない。

こりゃ将来付き合う男は大変だなぁ……。

同情していると、恵令奈がこてんと小首をかしげた。

「来年は見たいなぁ、先輩の浴衣姿」

「そ、そうだな、来年は誠司も一緒に……」

「シャ〜ッ！」

まるで子猫の威嚇だ。両手の指を曲げて前に出した恵令奈が『来年も二人がいいんですけど〜』とでも言いたげな目で抗議する。

だけど、浴衣の色に合わせたのかな。薄ピンクのネイルがつやつや輝いてて、威嚇ポーズなのに可愛いしかない。ったく、手のかかる困った『妹』だ。

「しゃーない、来年も俺一人で保護者役頑張りますか。まぁ、まずは今年の祭を楽しんでからだけどな？」

肩をすくめつつもニッと微笑むと、恵令奈も「はい！」と満面の笑みで応えた。

「さすがに賑わってるなぁ……」

食うか食われるか……みたいな修羅な混み方ではないが、祭り会場の人出はかなりのものだった。

けどなんか、すげぇ楽しい。

陽気な祭り囃子に、風情ある提灯。ずらりと並ぶ屋台から、香ばしいソースやベビーカステラの甘い匂いがぷわんと漂う。

ゲームで充分って思ってたけどさすがはリアル、臨場感が桁違いだ。

「先輩、あれやりません？」

恵令奈が比較的すいている屋台を指差す。金魚すくいだ。

「先輩に取ってもらった金魚、お家で大切に育てたいなぁ♡」

うっとりした瞳でおねだりされると、ははは、お父さん頑張っちゃうぞ？

さっそく列に並ぶと、すぐに俊斗たちの番が来た。

「私、あの子がいいなぁ、尾びれのひらひらが可愛い～」

金魚の泳ぐたらいを覗き込んだ恵令奈が、少し大きめな一匹を指差す。

「おっしゃ、任せとけ！」

珍しく熱くなって、そいや……！

ご指名の金魚を狙って勢いよくポイを振り下ろすも、ソッコーで紙が破れてしまった。

「い、今のはアレな？　感覚を掴むためのテスト的なやつだから！」

思いっきり言い訳しながら、再度チャレンジ。今度こそキメるぜ、そいやぁ……！

……というのを、はたして何度繰り返したでしょーか？

唐突にクイズを出したくなるほど失敗を重ねた俊斗は、だがしかしついに――

「恵令奈ちゃんごめん、無理っぽい……」

度重なる敗北に燃え尽きる。つーかこのポイ、破れやすすぎねぇ？

「大丈夫です、先輩の敵は私が取りますから……！」

参戦を決意した恵令奈(えれな)が、ポイを手に闘志を燃やす。

うーん、取らせてあげたいけど、恵令奈ちゃんには難しそう……ってマジか!?

ポイだけにポイポイポイ——お目当ての金魚はもちろん、他の金魚まで超速でお椀(わん)に移していく。

「恵令奈ちゃん、金魚すくい得意なんだ……?」

「うふふ、先輩に恥をかかせた金魚なんて根絶やしです♡　殲滅(せんめつ)殲滅殲滅ぅ～♪」

笑ってるけど、やべぇ目がマジだ。

殺戮(さつりく)の女神って、こんな顔してるのかも!?　ってな形相(ぎょうそう)で金魚をポイポイ捕獲していく。

てゆーか殲滅ってどゆこと？　お家で大切に育ててるんじゃなかったの!?

「恵令奈ちゃんストップ！　お椀から金魚あふれそうになってるから！」

俊斗(しゅんと)の言葉で我に返ったらしい。

「あらやだ、私ったら恥ずかしい♡」

ウフフっと笑った恵令奈が、浴衣の袖で顔を隠す。

よかった、いつもの恵令奈ちゃんだ……。

ちなみに『先輩に刃向かう金魚とは上手(うま)くやっていく自信がありません♡』とのことで、捕獲した金魚は無事解放されることになった。

「さてと、次はどうすっかな。どこか気になるお店ある？」

「あ、あれなんてどうです？」

　恵令奈が指差したのは射的の屋台だ。

「うーん、射的はちょっとなぁ……」

「ふふ、先輩は銃より剣派ですもんね？」

　なんだろう、ずいぶんと含みのある言い方だ。

「俺は平和主義者だぜ？　剣派なのはフェンシング部のお兄様の方だろ。それに俺が射的ミスったら恵令奈ちゃん、店の人の頭撃ち抜きそうだしなぁ。先輩の敵ぃ〰〰！　とか言ってさ」

　金魚すくいの件を持ち出してからかうと、恵令奈の頬がぷぅと膨らんだ。

「んもぅ、先輩のいじわる」

　大人っぽい浴衣姿でも、そーゆーとこ子どもだよなぁ。

　だけど保護者役で来て正解だった。こんなに混んでるのに、すれ違う男どもの視線は彼女に釘付け。まさに天使って感じの、破格の可愛さだもんなぁ。

　ナンパ男も無限に湧いてくるし……！

　睨みをきかせてその都度撃退。恵令奈をガードして、少しでもすいている方へ進んでいく。

と——提灯飾りが途切れ、人気のない薄暗い場所に出た。

「屋台はここで終わりか……」

「あれ、でもあそこにもお店が」

恵令奈の視線を追うと、暗がりの中に露店らしきものがポツンとあった。地面に置かれたランプが、店の様子をぼんやり照らしている。

「ねぇ、ちょっと覗いてみません？」

「でもあの店、なんか気味悪くないか？」

敷物の上で何かを売っているようだが、暗すぎてよく見えない。

「大丈夫ですよ、変なお店ならすぐに引き返せばいいし！」

好奇心旺盛な恵令奈に引っ張られ、そうっと露店に近づく。

売られていたのはアンティーク風のアクセサリーだった。ネックレスにバングルにブローチなどなど——多様な装飾品が並んでいる。

仄明るいランプの灯に照らされたそれらは、どれも重厚かつ繊細なデザイン。鈍いが味のある輝きを放っており、すっかり魅了された恵令奈が「わぁ……！」と息をのんだ。

「気になるものは手に取っても構いませんよ」

店主と思しき老婆が、しわがれた声で言った。

なんか魔女みてぇだな……。

木箱に座った老婆は黒いぼろ布をかぶっており、縮れた白髪と皺だらけの顔が覗いている。悪いけどちょっと不気味……ってやべぇ、目が合った――！

血走った濁り目で俊斗の顔を見つめた老婆は、ニタァっと紫がかった唇を吊り上げる。

「これはこれは、お久しぶりですねぇ」

や、むちゃくちゃ初対面なんですが!?

いったい誰と間違えてるんだ？　やっぱ気味悪いし、早く立ち去りてぇ～。

恵令奈ちゃんはといえば、中腰でふんふんふん♪　鼻歌を歌いながら楽しそうにアクセサリーを眺めている。

こんな不気味な店で心臓強ぇぇな！

「あ、これ……」

不意に鼻歌が止んで、彼女の瞳が何かに釘付けになる。

視線の先にあったのは、月をモチーフにした金の髪飾りだ。繊細な透かし細工――レースのように編まれた三日月が上品にきらめいている。

数あるアクセサリーの中からそれを手にした恵令奈が、俊斗をじいっと見上げる。

澄んだ湖のようなブルー――美しい双眸がおずおずと訴えている。

『もしイヤじゃなかったらですけど、この髪飾り、私にプレゼントしてくれません？』

え、えーと……なんか調子くるうなぁ。いつもの感じなら甘えっ子モードで『これ欲しい欲しい欲し〜〜〜!』とか迫ってきそうなとこなのに……。

願いを聞き届けてもらえるか否か——不安に揺れる瞳が俊斗を切なげに見つめている。

「そんな顔すんなよ。そうだ、誕生日プレゼントのお返しってことでどーよ?」

四月生まれの俊斗はつい先月、恵令奈からプレゼントをもらっていた。お返しをしようと彼女の誕生日を聞くと、過ぎたばかりの三月——一年近くも先になってしまうと、ひそかに気になっていたのだ。

「先輩……!」

俊斗の提案に、ぱぁぁっと顔をほころばせた恵令奈が「嬉しい!」と抱きついてきた。

「いやいやだから距離感……!」

今日は大人っぽい浴衣姿だし、心臓が無駄にバクバクなんだが!?

それにしても妙に懐かしいっていうか、見覚えあるんだよなぁコレ……。

恵令奈から髪飾りを受け取った俊斗は、謎の既視感に戸惑いつつ値札をチラリ。

凝った作りだけど露店だし、そこまで高くな…………ってごご、五万円!?

想定外の値段に、石化してしまう。

俊斗の異変に気付いた恵令奈も、値札を覗き見てびっくり!

「そ、それやっぱいいです……！　私、急にリンゴ飴(あめ)欠乏症みたいな症状出てきちゃったんで、そっちをお願いしたいなーなんて」

「な、なんかごめんな……」

面目ないが、助かった……。

気まずい空気の中、髪飾りを元の場所へ戻そうとする。と——

「なぁに、昔のよしみでお安くしておきますよ」

老婆がニィッと、胡散臭(うさんくさ)いほどの笑みを浮かべた。

「そうですねぇ、五百円でどうでしょう」

ちょっ、それって、よもやの九九パーセントオフ!?

価格破壊にもほどがあるっつーか、元がぼったくりだろ……！

もはや怪しさしかないってのに——

「わぁ〜、かなりお手頃になりましたね、先輩すご〜い！」

恵令奈ちゃん、無邪気に喜んでるし！　やっぱ心臓(ハート)強(つえ)ぇえな……！

「ほ、ほんとにコレでいいの？　なんか怪しいし、やめた方がいいんじゃ……」

ためらう俊斗に反し、「ぜひぜひこれで！」と恵令奈は譲らない。

まぁ五百円だし、恵令奈ちゃんが気にしないならいいけど……。

財布から出した千円を、「じゃあこれで……」と老婆に手渡す。

「ああそれ、お包みしましょうねぇ。それにお釣りの五百円玉も――」

一旦髪飾りを引き取った老婆は、布の巾着袋にそれを入れると、

「早く会えるといいですねぇ」

にまぁっと笑いながら、お釣りとともに渡してきた。

ギョロリ――黒いぼろ布の下の血走った眼が、俊斗を無遠慮なほど見据える。

やっぱり誰かと間違えてる――？　にしたって不気味すぎだっての……！

「花火始まるし、早く行こう……！」

老婆に背を向けた俊斗は、恵令奈を連れて足早に露店を後にする。

「花火、河川敷の方が見やすいけど、今からじゃ混んでるよなぁ……」

「大丈夫です、ここからでも見えますし……それに、先輩と一緒ならどこでも特等席ですから！」

えへっと小首をかしげる恵令奈。不覚にもキュンとしてしまった俊斗は、「そういえば……」と思い出す。

前に小町と来たときは人に埋もれそうになって、慌てて丘の公園に移動したんだっけ。

川からは離れちゃうけど、あそこならまだすいてるはず……！

「恵令奈ちゃん、こっち……！　とっておきの場所があるんだ」

ひらめいた俊斗は、恵令奈と丘の公園へ急いだ。

今でも穴場らしい。丘の公園は、俊斗たちの他には誰もいなかった。

「わぁ、確かにとっておきの場所ですね！　ここからなら花火もよく見えそう」

公園の防護柵に近づいた恵令奈が、川の方を眺めて声を弾ませる。

蒸し暑い中、早足で来たせいだろう。彼女の額にはうっすら汗が滲(にじ)んでいた。火照(ほて)った艶(つや)肌がやけに色っぽくて……おおぅ、浴衣姿ってマジで心臓に悪い。

「きょっ、今日は暑いなぁ～。喉渇いたし、水分補給しようぜ？」

平静を装い、公園内の自販機を指差した俊斗は、

「えーと小銭……そうだ、さっきのお釣り……」

ポケットに手を突っ込んで、はたと違和感を覚える。

――五百円って、こんな手触りだっけ……？

恐る恐る『お釣り』を取り出すと、

「やられた……」

出てきたのは五百円玉ではなく、平たく黒い石だった。老婆が隙(すき)をついて本物とすり替えたのだろう。

「気味が悪すぎて、ろくに確認もせずに受け取ったからなぁ……」

「どうしたんですか？」

「や、新手の詐欺にあったっぽい。まぁ、大した損害じゃないけど……」

五万円の髪飾りを五百円に値引きして、なのにプラス五百円の千円を騙し取るって、いったいどんな遊びだよ……。

こりゃ詐欺っていうより、人を困らせて楽しむ愉快犯的なやり口かも。それならあの不気味さも頷けるし、このモヤモヤも老婆の手の内ってことか……。

「そういえば、これ……」

肝心の髪飾りを渡していなかったと、恵令奈に巾着袋を差し出す。

「なんかごめんな、変なものプレゼントしちゃったかも……」

「謝らないでください。先輩が怪しいって止めたのに欲しがったの、私なんですから」

恵令奈はそう言って、巾着袋を嬉しそうに開ける。

まさか髪飾りまで石とすり替わってねぇよな――？

一瞬不安がよぎるも、よかった――。金の三日月を手にした恵令奈が、幸せそうに微笑む。

「これ、ずっと欲しかったんです」

「大げさだなぁ。露店で見かけてから、そんなに時間たってないだろ？」

「ふふ。先輩が思うよりずっとですよ、ずっと――」

淡いブルーの瞳が、感慨深げに髪飾りを見つめる。

「ずっと私、取り返したかったんです」

「取り返す……？」

クスリ。返事の代わりに儚げな笑みを浮かべた恵令奈は、後ろ手でスッ——さっそく髪飾りを付け、くるんと背を向ける。

浴衣娘のたおやかな後ろ姿。プラチナブロンドのゆるふわシニヨンには、月の髪飾りが新たな輝きを添えていた。

三日月の端からぶら下がる小さな水晶が、ゆらゆらと可憐に揺れている。

「先輩、似合いますか？」

ゆっくりと俊斗の方へ振り向く恵令奈。その後ろで——

——ぱあぁぁっ……！

色鮮やかな大輪の花が咲いた。花火が始まったのだ。

闇夜を照らす七色の光が、見返り美人を明るく引き立てる。

美しい髪に輝く月の髪飾りが一際眩しくきらめいて——

瞬間、胸を締め付けるほどの既視感に襲われる。

ドォンと体を震わせる花火が、記憶の扉をも揺さぶって——

突然のフラッシュバック。

真っ暗闇の中を、青い蝶の群れが飛び交う。

純白の花びらがぶわりと宙を舞って——

なんだ、またいつものあの『声』か。

ごめんね、来世では絶対幸せになりましょう……ってやつ——。

瞬時に予測するも、聞こえたのは悲しげな少女の声ではなく——

——カチャリ。

頭の奥で鍵の開く音がした刹那、強烈な懐かしさとともに遠い前世——シャニール王国の騎士、レオベルトとしての記憶が蘇った。

「ねぇレオ、今日は誘ってくれてありがとう」

汗ばむ初夏の『今』とは違う、涼やかな夜。

凛と清らかな声が、澄んだ空気に溶け込む。

いつもフラッシュバックしていた『彼女』の——前世の恋人、フィオエレーナのものだ。

これって前世の記憶を覗き見てる感じなのか……？

白い外套のフードをかぶったフィオエレーナの——フィオナの美しい瞳がこちらを見上げる。

「本当に夢のようだわ、まさかシャニールでお祭りを見られるなんて」

「それも建国祭。ランブレジェの聖女が祝いにきてるなんて知ったら、騎士団のみんなも卒倒するんじゃないか」

そう答えたのはレオ——前世の俺だ。そうか、これは建国祭での記憶……。

シャニール王国とランブレジェ帝国——対立する二つの国にそれぞれ属する俺とフィオナは、敵同士の許されぬ恋をしていた。

王国内を一緒に歩くなど本来なら不可能だが、建国祭ならあるいは——そうひらめいて、俺がフィオナを誘ったのだ。

というのも、建国祭にはシャニールの伝説にちなんだ仮装を楽しむという習わしがあり、国民はこぞって神話の人物になりきる。だからフィオナも仮装すれば正体を隠せるのでは——と踏んだのだ。

作戦は大成功。二人は祭りに沸くシャニールの街を、普通の恋人のように歩いた。

月の女神に扮した彼女に『どちらさまで?』なんて野暮な詮索をする者はいない。店を覗いても『まぁ、綺麗な女神さまだこと』『お祭りを楽しんで!』と、みんなが温かく迎えてくれた。フィオナが敵国の聖女だとは気付かずに——。

もっとも、念のため外套のフードは外さないようにしてたけど——。

「君に見せたい、とびきりの場所があるんだ」

レオがそう言って、フィオナを人気のない古い石橋へ案内する。

特に名所ってわけじゃない。他にもっと立派で大きな橋はいくつもあるし、普通の観光ならそっちを勧める。だけど、ここからなら——。

無数の星が輝く美しい空の下、川の向こうには壮麗なシャニール王宮が見える。

そのあまりの麗しさに、フィオナがほうっと感嘆のため息をもらした。

「素敵ね……。ランブレジェでも、シャニールの王宮は美しいと噂なの。まさか本物を目にできる日が来るなんて——」

「気に入ってもらえてよかった。本当はもっと近くで見せてあげたいけど、王宮周辺の警護は厳重だからね、君を危険にさらしたくはない」

「あら、敵国の都にまで連れ出しておいて？」

フードから覗く美しい横顔。クスリと笑ったフィオナが、いたずらっぽい視線をよこす。

「もちろん君のことは命を懸けて守るさ。だけど今夜警護に出てるのは俺の上官なんだ。恐ろしく怖い上に、勘のいい人だから遭遇は避けたい」

「わかってる。私だってあなたに負担はかけたくないもの。でもそうね、ここなら——」

周囲に誰もいないのを確認したフィオナがフードを脱いで、ふぁさっ——。外套に隠れていた長い髪を優雅に引き出す。

ふわりとあらわになった白銀の髪が、闇夜にキラキラとなびいた。

ゴォウン、ゴォウン――。

建国を祝う鐘の音が響いて、天に浮かんだ魔法陣が恵みの花火を降らせる。

そっか、前世の花火って『今』のとはかなり違うんだよな……。

丸い花形には開かなくて――まるで星屑の噴水だ。民の幸せを祈る祝福の魔法がキラリキラリと降り注ぎ、フィオナの姿をも鮮明に照らし出す。

「ねぇレオ、似合う？」

ゆっくりとこちらを振り向くフィオナ。雪原を思わせる彼女の美しい髪には、月の髪飾りがきらめいていた。金細工で三日月を模ったそれは、月の女神に扮するならとレオが贈ったものだ。

祝福を受け、一際輝く金の髪飾り。

三日月の端からぶら下がる水晶が、星屑を宿したかのように眩く揺れて――

これって、どういうことだ……？

まさかの光景に、『俊斗』は目を疑う。

あの髪飾り、さっき露店で買ったものにそっくりだ。それに――

似ているのは髪飾りだけじゃない。

ふんわりと巻かれた長い髪に、淡いブルーの瞳。

凛とこちらを見つめるフィオナは平たく言うと美少女……なんだろうけど、そんな言葉じゃ全然足りない。

人間離れした類い稀な美貌はそう、レオだけでなく『俊斗』にとっても馴染み深い『彼女』に――七星恵令奈に瓜二つだった。

「私、あなたと巡り会えて幸せよ――」

レオを見上げ、愛しげにつぶやくフィオナ。

清らかな双眸の奥には、彼女の特徴ともいえる稀有な輝きが――七色の虹がゆらゆらと浮かんでいた。

ゴォウン、ゴォウン――。

祝福の鐘が鳴り響く中、再び現れた青い蝶の群れが『俊斗』の視界を阻む。

蝶に埋もれ、次第に見えなくなっていくフィオナの姿。

純白の花びらがぶわりと舞い散って、ああ――。

やけに臨場感のある前世の記憶が、急に遠のいていった。

ついさっきまで建国を祝う鐘が鳴り響いていたはずが——ふと気付けば、ドォンと激しい打ち上げ花火に変わっていた。

初夏の熱気をはらんだ風が頬(ほお)を撫(な)でて——そうだ、今日は恵令奈(えれな)ちゃんと花火を見にきて……と思考がクリアになっていく。

いつもとは違う長めのフラッシュバック——前世の記憶にずいぶんと引き込まれていた気がするが、ほんの一瞬だったらしい。

夜空を彩るのは魔法陣からこぼれる星屑(ほしくず)ではなく、乞来祭(こいこいさい)の——『俊斗(しゅんと)』のよく知る丸い花火だ。あの勢いならまだ序盤、ここからさらに盛り上がっていくのだろう。

「先輩、どうかしましたか?」

こちらを見つめる青い瞳も、月の女神ではなく、たおやかな浴衣娘のもので、

ここはもう、前世なんかじゃない……はずなのに——

「フィオナ……」

あまりにも懐かしい面影に、つい口にしてしまう。

瞬間、恵令奈の表情がピシリと強張(こわば)る。

しまった、いくら似てるからって他の子の名前で呼ぶなんて、さすがにデリカシーなさすぎだよな……。

「先輩……信じられないです……」

ふるふるとその身を震わせる恵令奈。澄んだ湖の瞳には涙が浮かんでいた。

「ご、ごめん恵令奈ちゃん、これはその……」

「本当に信じられない……！　やっと、やっと思い出してくれたんですね、先輩……いいえ、レオ様！」

ええと、待ってくれ……。

いくら似てるからって、そんな奇跡みたいなことがありえるのか――？

だけどああ、そうとしか思えない。

「まさか……恵令奈ちゃん……が……？」

熱く胸を打つ確信。

鼓動ばかりが速まって、うまく言葉にならない。

だけどさすがは『前世の恋人』だ。

俊斗の思いを優しく汲み取った恵令奈が、コクコクと涙に揺れる瞳で頷く。

「そう……私がフィオナ……フィオエレーナです！」

やっぱり、恵令奈ちゃんがフィオナの生まれ変わりだったんだ……！

押し寄せる激しい感激に、俊斗まで涙目になる。

「い、いつから前世のこと……？」

「ずっとです、先輩と初めて会った日からずっと……」

恵令奈の熱く潤んだ眼差しが、俊斗を愛おしげに見上げる。

「先輩、前世と雰囲気似てますから。勇ましくてまっすぐな、だけど優しい目元――」

「なんだよ、覚えてたんなら教えてくれればよかったのに……。この前なんて絶好の機会だったんじゃ……ほら、誠司の部屋で前世の話になったとき……」

「教えたところで先輩、ちゃんと信じてくれました？」

どこか拗ねたような、恨めしげな視線が俊斗をとらえる。

「先輩、私のこと『妹』としか見てくれないし、そんな状態で『私が前世の恋人です♡』って告白したところで、またまたぁ～って軽く流したんじゃありません？」

う、鋭い……。

「先輩の記憶が戻ったらなぁって、私なりに頑張ったんですよ？　それこそこの前なんて、いっそ付き合っちゃいましょって大胆な提案したのに、冷たく袖にしてぇ」

ぷくっと頬を膨らませた恵令奈は、俊斗のすぐそばまで来ると、

「レオ様の薄情者！　私のこと全然思い出してくれないし、でも無理に思い出させるのも違うし、えーん先輩にとって『私』は消したい過去なのかな？　でもでもやっぱり思い出してほし〜〜！　って、心の中ぐちゃぐちゃだったんだから！」

そう言って、俊斗の胸を「んもぉ、んもぉ～！」とぽかぽか叩く。

「そもそも、こんなにそっくりなのに思い出さないとかあります？」

た、確かに……。改めて見ると、恵令奈とフィオナは本当によく似ている。

目の前にいるのは間違いなく恵令奈なのに、記憶の戻った今の感覚だと、前世のフィオナが浴衣を着ているように思えて、なんとも不思議な心地だ。

「ほんと、なんでだろうな。我ながら鈍すぎてびっくりだわ」

前世であんなにも愛したフィオナのこと、どうして今の今まで忘れてたんだろう。

こんなにも似てるんだ、もっと早くに気付けよ……！

「あ、でも髪の色は違うよな。フィオナは銀髪だったけど、恵令奈ちゃんは金髪っていうかプラチナブロンドだし！」

そしてさらに違いを挙げるなら、胸のサイズも違っているような……？

恵令奈ちゃんの方がフィオナに比べてかなりボリュームダウンしてる気がするのは、浴衣で胸を潰してるからってこともない……よな？

平素も慎ましやかな彼女の胸元を、つい思い出してしまう。

いやしかし、この件は俺の胸にそっとしまっておこう、胸の話だけに……。

「なにそれ、レオ様はフィオナの銀髪が好きだったってこと？　その他のパーツには大して思い入れがなかった……つまりは髪色目当てだったんですね!?」

「いやいや、そーゆー意味じゃなくて……！」

っていうか、胸の件は伏せといて本当によかった。言ってたら絶対もっと怒られてる！

「レオ様が銀髪フェチだったなんて……ううぅショックだけど、お望みなら明日までに銀色に染めてきますね」

「だから違うって！　今の髪色も綺麗だし、髪飾りもよく似合ってるよ。前世より月の女神感アップしてるし、プラチナブロンド最高じゃん？」

「ふふ、今世でもレオ様に見つけてほしくてマシマシに輝いちゃいました♡」

恵令奈はそう言って、顔周りで輝く後れ毛を指でくるんとさせる。

恵令奈ちゃんが頑なに髪飾りを欲しがったの、建国祭のことを覚えててくれたからか――。

ようやく気付いて、込み上げる愛しさに胸が熱くなる。

「本当にフィオナ……なんだよな……」

「はい、私がフィオナです」

にこっと口角を上げた恵令奈が、「やっと会えた……！」と俊斗に飛びつく。

ちょわっ、恵令奈ちゃん、距離感…………って気にしなくてもいいのか、前世の恋人なわけだし……？

や、でもハグって普通に恥ずかしいんだが……！

前世じゃ軽い挨拶でハグしてたけど、現世が長いせいか落ち着かない。

だけど――

「やっと、やっと――」

感激に震える恵令奈の腕が、すがるように俊斗を抱きしめる。

彼女を安心させてあげたい――そう思ったら、照れなんてどこかに吹き飛んで、

「これからはずっと一緒だから――」

彼女の華奢な体を、両腕でそっと包み込む。

「こんな近くに、それも同じ国に生まれたなんて、ほんと奇跡だよなぁ」

「ふふ、私たち、今度こそ幸せになれるんですね」

俊斗の胸に顔をうずめ、愛おしげにつぶやいた恵令奈。

「やっとやっと、私だけのもの――」

背中に回された彼女の腕に、ぎゅうっとより一層の愛がこもる。

夜空には二人の再会を祝うかのような、見事な花火が咲き乱れている。

ああ、なんて幸せな夜なんだろう。

これ以上ないってくらい満ち足りた心地がして――

だからまさか、このときは思いもしなかった。

愛しのフィオナが、恵令奈の他に『もう一人』いるなんて――。


――ピシリ。

盛大に花火が鳴り響く中、ああ、まただ。
どこか遠くで、何かにヒビの入るような音がした。

第二章　二人目のジュリエット

乞来祭のあと、恵令奈を家まで送り届けた俊斗が帰宅したのは、午後一〇時をとっくに過ぎたころだった。

花火大会とはいえ、さすがに遅すぎたな……。

そっと鍵を開け、家の中に入る。——と、玄関で待っていたらしい。

「遅いぞ、甘えさせろ〜〜〜！」

舌っ足らずな声を響かせ、部屋着姿の少女が飛びついてきた。妹の小町だ。

俊斗が結んでやったポニーテールがアグレッシブに揺れている。ポニーというか、もはや暴れワンコテール状態。かまってほしさＭＡＸでブンブン乱れている。

「お前なぁ、人が帰ってきたときはまず『おかえりなさい』だろ？」

靴を脱いで家の中に上がった俊斗は、甘えん坊の頭をわしゃわしゃと撫でてやる。

色素の薄い小町の髪は、光に当たるとピンクに輝いて、いちごミルクティーを思わせる。

「へへへ、よくぞ帰ってきたシュントよ」

撫でられていくらか満足したらしい、小町が心地よさそうに目を細めた。

「つーか、小学生がこんな時間まで起きてんなよ」

「む、シュントが遅いからだぞ？　せっかく一緒にお風呂しようと思ったのに」

「約束したろ、もう一人で入るって。小学三年生にもなりゃレディの仲間入り、一緒にお風呂は卒業だって」

「甘いぞシュント、レディだからこそだ！」

くりくりの瞳を勝ち気に光らせた小町が、ドヤっと平らな胸を張る。

「この高貴な髪や体を丁寧に洗い清める専属の使用人が必要だろう！」

誰が使用人だ、そこは嘘でも『大好きなお兄様と入りたい～』とか言ってくれ……！

「とにかく、一緒にお風呂はもうダメだ」

両腕でバツを作って、改めて断る。

もっとも、小町とは一〇才近く歳が離れてるせいか、生意気なワガママも許せてしまう。まだまだ子どもだし、風呂くらい入れてやっても……とも思うが、このまま甘やかし続けてヨソの兄貴の膝でゴロゴロするようになっても困るしなぁ。

兄の親友に甘えまくり——恵令奈のバグり気味な距離感を思い出して、フッと苦笑する。でも恵令奈ちゃんの場合、もはやいろいろ別モノか……。

俺に対して『兄の親友』以上の想いを寄せてくれてて、それどころか——。

花火の中の抱擁——腕に残る『フィオナ』の感触を思い出していると、

「おい、今誰のこと考えてた？」

俊斗を見上げる小町の顔が、不服そうに歪んだ。

「シュントのウソつき、今日のはデートじゃないって言ってたくせに」

「や、それは……うーん……」

小町には祭りに出かける際、『友達の妹と行くんだ。や、ただの保護者役だし……！』

と説明していた。

家を出る時点でそこに嘘はなかったし、後ろめたくなる必要もないが、『友達の妹』が
実は『前世の恋人』だったわけで、結果的にデート的な雰囲気になったのも事実。

とはいえ、どこまで話しゃいいんだ……？

沈黙していると、びたん――！

床に仰向けに転がった小町が「ぬわぁぁん、こんなことなら小町もついてけばよかったぁ～！」と、暴れワンコのごとくジタバタしはじめる。

「つーか、小町も母さんたちと行ったんだろ？」

「当然だ！　でもホントは家族みんなで花火を堪能したかったんじゃぁぁ！　『小町は綿あめ食べてても絵になるわぁ』とか『クレープもなかなか似合ってるぞ』とか『じゃあ次はいちご飴もいっとくぅ？』とか四方八方からいろいろ勧めてほしかったんじゃぁぁ～！」

それ家族で花火を堪能っつーか、お菓子系の屋台制覇したかっただけじゃねーか？

ハァと嘆息して、小町に「ほら」と手を貸してやる。

「シュントのせいでいろいろ食べ損ねた～」

文句たらたらで立ち上がった小町は、だがどこか弱々しげにボソリ。

「カノジョができても、シュントの妹は私だけだぞ……？」

「ったりめーだろ、そんなもん確認すんな」

兄が離れていくと思って、寂しくなったのだろうか。生意気な暴れワンコだけど、こーゆーとこはやっぱ可愛いよなぁ。

「つーかその本、ロミオとジュリエット？」

小町が手にしていた本を目で指す。恵令奈が読んでいたものとは違い、小学生向けの漫画チックな表紙ではあるが、大きな文字で《ロミオとジュリエット》とある。

「シュントを待ってる間、暇だから読んでたんだ。帰ってくるの遅いから、最後まで一気読みになったぞ？」

「へぇ、内容どうだった？　バッドエンド……なんだよな？」

「うーん、思ってたのとは違うかなぁ。悲恋っていうし、死んでゾンビ化したロミオたちが街中で大暴れ……的な展開を期待してたんだが」

「逆にそれどんな悲恋だよ……ってか、その本借りていい？」

「いいけど、シュントが読んで楽しい話かなぁ。ゾンビとか一ミリも出てこないぞ？」

「や、ゾンビはいらねぇって。なんつーかほら、いろいろ参考になるかもしれないし？」

「さ、参考って悲恋だぞ⁉」

小町のくりくりした瞳が、きょとんとさらに丸くなる。と――

「あら俊斗(しゅんと)、帰ってたの……って小町、あんたいつまで起きてるの！」

リビングから出てきた母・美津子(みつこ)が、鬼の角を生やした。

「ひぇぇぇ、ママ！　ごめんだよ、甘えさせろぉぉぉ！」

母の元へ謝りにいったんだか、甘えにいったんだかよくわからない小町は、俊斗を振り向いてかなりのムチャ振り。

「おいシュント、悲恋の末に命を絶つとか絶対やめろよ？　そーゆーのは私を死ぬまで甘えさせてからにしろ、あと二〇〇年は甘えさせろぉぉぉ～～～！」

「へいへい、大丈夫だから早く寝ろっての」

手を払うように振って、母に引きずられていく小町を見送る。

言われなくても、今度は悲恋なんかじゃ終わらせないし……って『今度は』ってなんだよ、前世の結末も知らないのに――。

自室に向かいながら、思わず苦笑してしまう。

というのも、レオたちがどんな最後を迎えたのか、肝心な記憶がスポッと抜け落ちてたりする。というか、前世については思い出せないことの方が多いような――？

鮮烈に思い出したのは例の建国祭の記憶だけで、その他のことは断片的で曖昧――全体的に靄のかかった状態だ。

シャニール王国の騎士だったレオが、敵国ランブレジェ帝国の聖女フィオナと愛し合っていた。それは確かだけど、許されぬ二人の恋がロミジュリ的な悲劇を迎えたのか――その結末までは覚えてない。

とはいえ、悲恋説が濃厚なんだよなぁ……。

『俺たちって、結局どうなったんだっけ……？』

それは感動の再会後、丘の公園で恵令奈にぶつけた質問だ。

前世のこととはいえ、どうしても二人の『結末』が気になってしまって。

ずっと前から前世を思い出してたんだ、彼女なら当然知っているだろう。

そう思って軽い感じで聞いてみたが、恵令奈にとっては重々しい問いだったらしい。

『答えないと、ダメ……ですか……？』

ひどく青ざめた顔で首を振る彼女に、それ以上は聞けなくなってしまった。

『あの日のこと、思い出せないなら忘れたままでいいと思います……』

そう続けた彼女の唇は小刻みに震えていて、口にするのもためらわれるほどの悲恋だったのかもしれない。

　そうだ、あの声だって——。

『ごめんね、来世では絶対幸せになりましょう……』


　いつも聞こえていた少女の——フィオナの声も別れ際のセリフみたいだし、二人の最後は決してハッピーなものではなかったんだろう。

「思い出すのも辛い恋だからこそ、俺の記憶も曖昧なままってことか？　とはいえ気持ち悪いんだよなぁ、思い出せないの……」

　耳に水が入って取れないような不快感？　一度気になると、是が非でもスッキリさせたいっていうか……。

「でもまぁ、今日のところはいっか……」

　自室に入った俊斗は、小町に借りたロミオとジュリエットをそっと机に置く。

　二人の『結末』は気になるけど、今は現世で再会できた奇跡を噛み締めよう。

　フィオナと同じ国に生まれて、それも平和な世の中で——そうだ、焦らなくていい。

「前世がどんな悲劇だって、今度こそフィオナを——恵令奈ちゃんを幸せにしてみせる！」

　意気込んでいると——

「おやおや、そんなに早く答えを出していいのですかな？」

酷(ひど)くしわがれた老婆の声が響いて、背筋がゾクリとなる。

この声、確か露店の――？

慌てて部屋を見回すが、老婆の姿はない。

そりゃそうだ、こんなところにいるわけねぇ。

今日はいろいろあったし、疲れてんのかもなぁ……。

気のせいだと首を振るが――

「ここですよ、ここ」

再び聞こえた声は俊斗(しゅんと)のズボン――のポケットから響いていた。

この中に入ってんのって、釣りの代わりに渡された石、だよな……？

石がしゃべるわけないし、まさか妙な機器だったりして……。

発話もできる盗聴器的な――？

気味が悪すぎるが、確認しないわけにもいかない。恐る恐る手を入れると――

「どんなマジックだよ……」

ポケットに入っていたのは黒い石だった。が、石というより宝石と表現すべきだろう。

公園で見たのとはまるで別物。五百円玉サイズの石ころは、黒い宝石の輝くペンダントに姿を変えていた。

美しくも妖しいそれは、ファンタジー映画に出てくる魔法のアイテムにも思える。グッズ化されたちょっとお高いレプリカ。そう言われたら信じてしまいそうだけど――

――違う、これはそんなオモチャじゃなくて……。

見覚えのあるペンダントに、ズキリと頭が痛む。が、その正体までは思い出せずにいると、

「おや、この状態でもおわかりにならない？　さすがに薄情すぎやしませんかねぇ」

ペンダントから聞こえた老婆の声は、だが急に中性的な子どもの声になって――

「ヒドいなぁ、キミのワガママを叶えてあげた共犯者なのに――」

クスクスクス。聞き覚えのある、人を食ったような笑い声にゾクリ――記憶を刺激された俊斗は、手にしていたペンダントを思わず投げ捨てる。

ゴトッ。机に当たって床に落ちたペンダントが、

「なんだよ、随分な扱いじゃないか」

不満げな声とともに、カッと眩い光に包まれる。

光の中でペンダントが形を変え――現れたのは紫のウサギだった。

いや、正確に言うとウサギじゃない。

ウサギのような体に、黒い蝶(ちょう)の羽が生えたコイツは────。

「ボクとの契約、忘れたとは言わせないよ？」

にまぁっと不気味に笑うウサギもどき。

つぶらな瞳は、愛らしいというより不穏な紅(くれない)で、
いつか見た不吉な笑みに、ピシリ──。

遠くの方で、何かにヒビの入るような音がした。

だが、それを気にする間もなく、青い蝶の群れと白い花びらがぶわぁぁっと視界を埋め尽くして──


──カチャリ。

鍵の開く音がした刹那、意識が前世の記憶へと引き込まれていくのを感じた。

「…………で、ごめんなさい、私…………」
薄暗い小屋の中で、フィオナが何かを打ち明けている。

そうか、ここは中立国コアレーテスの山小屋。二人がよく密会に使っていた場所だ。

それにしても、何があったんだ——？

白銀に輝く髪に、澄んだ湖の瞳。

人間離れしたフィオナの美貌は相変わらず——だけど、ひどく弱って見える。もともと白い肌からはすっかり血の気が失せ、青白い頬が痛々しいくらいだ。

建国祭のときは、元気そうだったのに……。

これっていつごろの記憶だ？　思い出せずに戸惑っていると、

「つまり精霊石があれば君は助かる、そういうことだね？　それならこれを——先祖代々伝わる精霊石のお守りなんだ」

そう言ってレオが取り出したのは——見覚えがあるなんてもんじゃない。先ほど『現世』で目にしたばかりの、黒い宝石の輝くあのペンダントだった。

そっか……病気……いや、呪いの類いか……？　詳細までは思い出せないけど、フィオナは命の危機に瀕してて、だけど精霊石があれば助かるって聞いて、レオは彼女にお守りを渡そうとした。でも、このあと……。

おぼろげな記憶を繋いでいると、やっぱり——。

「勝手な真似はよせ、一族以外への譲渡は契約違反だ！」

中性的な子どもの怒り声とともにペンダントが光った次の瞬間——宇宙にも似た異空間

にレオだけが飛ばされる。

「こんなトコに呼んで悪いね。けど、あの子の前で込み入った話はできないからさぁ」

レオを待っていたのは、黒い蝶の羽が生えた紫のウサギもどき――現世にも現れたアイツだ。

「ボクはミリュビル。キミのお守りに――魔石に宿る魔獣さ」

「何の話だ、あのお守りは先祖代々伝わる精霊石。魔石なわけ……」

「ほんとやんなっちゃうよねぇ。いつの代からか、精霊石に間違われるようになってさぁ」

紅の瞳を不本意そうに細めたミリュビルが「そもそもは、気が遠くなるほど昔の話さ――」と肩をすくめる。

「人間を脅かすのが趣味で日々愉快に暴れ回ってたのに、ちょっとしたヘマからキミの先祖に捕まっちゃったんだよねぇ。危うく封印されそうになって、契約を持ちかけたんだ。『ボクを助けてくれたらキミの一族を未来永劫守り続けてやる』って。それ以来、キミの一族のお守りをしてきたってわけ」

「とんだデマカセだな。魔石の力は一代限りのまやかしと聞く、未来永劫の契約なんて……」

「失敬だな、ボクは魔石の中でも至高――人間の言葉を借りるなら『奇跡』の存在なんだ。源さえあれば無限の力を生み出せる」

「無限……？　それならフィオナを救うことも……」

「ぷはっ、そんなの楽勝だよ」

小馬鹿にしたように笑ったミリュビルは、「ああでも……」と醒めた目で続ける。

「力としては可能でも、実行はできないよ」

「どういう意味だ？」

「言ったろ、契約だよ。キミの先祖と誓ったのは『一族』への加護。適用範囲外の人間にまで力を貸したら、契約違反でボクが灰になる」

ぶるぶるっと身震いしたミリュビルが、「こっちもウンザリなんだ」と鼻を鳴らす。

「封印なんて御免だし、キミの家系ならさぞ愉しめると思って契約したのに、無欲なヤツばっかで張り合いってもんがないよ。悪事にはまるで関心がないんだから」

「わざわざ悪事を望むとは……魔獣ってのは、ろくなもんじゃないな」

「なんだよ、ボクの加護がなきゃ少なくとも四回は死んでるくせに！」

「そ、そうなのか……？」

「そうだよ。大した旨みもないのに、初代との契約通りキミたち一族を守り続けてるボク……ああ、なんてカワイソウなんだ。本来ならキミみたいなツマンナイやつとは話もしたくないんだけど、契約を破ろうとするから、つい実体化しちゃったよ」

「なるほど、そういうことか……」

納得したレオはしばらくの沈黙の後、意を決したように言った。

「魔獣相手に我ながらどうかしてるとは思うが――頼む、フィオナを助けてはくれないか」

「言ったよね、契約対象外に力は貸せないって」

長い耳をダルそうに垂らしたミリュビルが、ふわぁぁぁっとあくびする。

「そもそも、キミが助けようとしてるのはランブレジェの聖女だろ？　敵を助けるなんて大罪、それこそ契約に触れるよ。不本意ながらボクにはキミを守る使命があるんだ」

「だったらなおさらだ。頼む、フィオナを助けてくれ」

再び要求したレオが、腰の鞘からスッと剣を抜く。

「わぁお、恋人の命を救うためなら手段は選ばないってわけ？　でも力に訴えても無駄さ、キミの剣じゃボクに勝てっこない」

「そうかもしれない。だが、これならどうだ？」

レオはそう言って、剣の先をミリュビル――ではなく己の首へ向ける。

「契約上、俺の身を守る使命があるんだろ？　ならフィオナを救う以外に手はない。フィオナの命が尽きることがあれば俺の命も――俺を守れなかったお前も終わりだ！」

「彼女の跡を追う気か？　バカはよせ、人間の女なんて他にいくらでもいるだろ」

「だとしても、俺にはフィオナしかいない！　彼女を幸せにできないんじゃ生きてる意味がないんだ、頼む！　俺を助けると思ってどうか、どうか力を貸してくれ……！」

断ったらこの剣ですぐにでも命を絶つ。そう言わんばかりの気迫で嘆願するレオに、

「まさかこのボクを脅迫するなんてね――」

わなわなとその身を震わせたミリュビルは、だが垂れていた両耳をピンと立て「あはは！　ツマンナイ男かと思ったら、とんだ計算違いだったよ」と興奮気味に続ける。

「その激しくて危うい感情、いいよ、すごくいい……！　キミならうん、確かにフィオナが死んだら跡追いしかねないし、キミを救うためにフィオナを助ける――それなら契約の抜け道としても充分だ」

「それはつまり、フィオナにも力を貸してくれる……そういうことでいいのか？」

「でなきゃキミを守れない――だろ？」

「あ、ああ、ありがとう……。すまない、フィオナのためとはいえ、脅すような真似……」

恥じ入るように剣を収めるレオに、ミリュビルはクスクスと笑う。

「礼を言うのはまだ早いよ、キミの本気を見せてもらわなきゃ」

「俺の本気……？」

「初代との契約にないイレギュラーなことをしでかすんだ、それなりの担保がないとね。キミにはフィオナしかいないってこと、ちゃんと証明してよ。具体的にはそうだなぁ、こういうのはどうだい？」

もふもふの小さな手を掲げたミリュビルが、胡散臭いほどの笑みで言う。

「生まれ変わってもフィオナを愛し続ける——そう誓ってよ。来世でもフィオナを見つけて必ず幸せにする——彼女のこと、本気で愛してるなら余裕だろ？」

「生まれ変わってもフィオナを愛する……か。どんな難題かと思えば、魔獣にしては随分ロマンチックな要求だな」

急に協力的になったミリュビルに拍子抜けしつつも、「そんなことでいいなら——」とレオは頼もしく誓約する。

「俺は生まれ変わっても絶対にフィオナを見つけるし、何があっても幸せにする！」

「あはは、契約成立だね。来世が今から楽しみだよ——」

じゅるりと舌なめずりしたミリュビルが、紅(くれない)の瞳でにまぁっと笑う。

その背後には鮮血のように真っ赤な誓約の魔法陣が浮かび上がっていたけど——

青い蝶(ちょう)の群れと純白の花びらが、ぶわぁぁっと『俊斗(しゅんと)』の視界を阻んで、
ミリュビルの妖しげな笑みが、ぼんやり遠のいていった。

宇宙にも似た異空間にいたはずが、気付けば自分の部屋だった。
また長めのフラッシュバックか、今日はやけに多いな……。

それにしても、『生まれ変わってもフィオナを愛し続ける』なんて誓約、ロマンチストの極みっていうか、乙女の夢想みたいだ。

魔獣の契約条件としてはリアリティーに欠けるし、ただの夢だったんじゃないか？

そう思ってしまいそうだけど、確かな前世らしい。

まるで記憶の続きだ。長い耳を立てたミリュビルが、俊斗の前でにまぁっと笑っている。

「マジかよ、前世の契約が今も続いてるってことか……」

「あはは、やっと思い出してくれた？　けどそれならもっと感動的に迎えてよ、誓約で結ばれた相棒との前世ぶりの再会だよ？」

もふもふの短い手をよいしょっと広げ、ハグ待ち態勢になるミリュビル。不覚にもちょっと可愛いが、それ以上に怪しすぎる。

「前世のこと、完全に思い出したわけじゃないんだ。正直お前のこともよく覚えてないし、契約の経緯はわかったけど、その後のことだって……」

そこまで言った俊斗は、ハッとなる。

「フィオナのこと、ちゃんと助けてくれたんだよな？」

「もちろん助けたさ、だから今世でも契約が続いてるんだろ。こんなに可愛いボクが灰に見える？」

そっか、契約を破ったら灰になるんだっけ……。こいつが無事ってことは、フィオナも間違いなく救われたんだろう。ほっとしていると、ミリュビルが悲しげに言った。

「ヒドいや、ボクのこと信じてないの……？」

「お前が怪しすぎんだよ。今日だって、わざわざ老婆に化けたりして……」

「やだなぁ、ボクなりの気遣いだよ。前世を忘れてるキミに、いきなりこの姿見せても驚かせちゃうだろ？」

「それにしたってあの老婆はねぇだろ、不気味すぎ……」

「若い方が良かった？」

ミリュビルがぴょんと宙を一回転。着地したときにはウサギではなく、紫の髪を持つ幼い少女の姿になっていた。

黒い羽を思わせる漆黒のロリータドレスをまとっており、長い髪は青い蝶(ちょう)の髪飾りでツインテールに結われている。

「さ、この姿ならいいだろ？」

赤い瞳を輝かせたミリュビルが、再びハグ待ち態勢になる。

うう……またしても可愛(かわい)いが、余計にダメだろ……！

「あれ、男の娘(こ)の方が好み？ このビジュで性別だけ変えようか」

「いらん気を回すな、お前とハグなんか御免だ！」

「ヒドい人、ボクの力(コト)あんなに熱く求めといて、用済みになったらポイ捨てする気？」

幼女なミリュビルが、潤んだ上目遣いで科(しな)を作る。

「だからその姿でそーゆーことすんなっての！」

こいつ、人をからかって楽しんでるな？　なんか信用ならねぇっつーか、前世で急に協力的になったこと自体、怪しいんだよなぁ……。

レオが必死に頼んだから、それで心を打たれた？　や、そんなタマじゃねーだろ絶対。

戦いのない平和な現世。前世ほど切羽(せっぱ)詰まってないせいか、おかしな状況でも冷静に頭が回る。

「フンだ、もう頼まれたってハグしてやんないよ～！」

警戒する俊斗(しゅんと)にプイッとそっぽを向いたミリュビルは、だが視線だけよこしてニヤリ。

「ああでも、ボクとの契約は守ってもらうよ」

「契約ってアレだろ、生まれ変わってもフィオナを愛するってやつ。なら問題ない、お前も見ただろ？　露店で一緒にいたあの子がフィ……」

「だからさぁ――」

幼女姿のミリュビルが、老婆の声で警告する。

「そんなに早く答えを出していいのですかな？」

「ちょっ、急に声だけ変えるとか気味悪いことすんなよ！」

「だってキミ、コトの重大性に気付いてないからさ」

中性的な声に戻ったミリュビルが、にっこりと目を細める。

「もっと慎重になった方がいいと思うんだよねぇ〜。誰が愛しのフィオナか──答えを間違えたら、契約不履行の代償を払ってもらうよ？」

「代償……？　何の話だ」

「そういう誓約だろ？　生まれ変わっても絶対にフィオナを見つけるし、何があっても幸せにする──それを担保に力を貸してやったんだ。できないなら前世で貸した命、今世で払ってもらわなくちゃね」

「まさかお前、俺の命を狙って……」

「初代との契約があるからね、ボクを継承したキミに手出しはできないよ。報いを受けるのはフィオナの方さ」

「それってもし恵令奈ちゃんが──俺が思ってる相手が正解じゃなかったら……」

「どこかでキミを待ってる本物のフィオナが犠牲になっちゃうね。前世じゃ結構な力を貸してるし、全部返してもらうなら即死でも足りないかもぉ〜♪」

ツインテールを揺らしたミリュビルが、無邪気に声を弾ませる。

「ロマンチックどころか、とんだ鬼畜仕様の契約じゃねぇか……」

ゾワリと背筋が寒くなるが、落ち着け。『答え』を間違えなきゃいいだけの話だ。

「悪いが正解には自信がある」

「焦り(あせ)は禁物さ。キミはほら、うっかりミスが多いみたいだし？」

ミリュビルはそう言って、宙にひらりと紙を浮かべる。

何だあれ。目をこらして見ると、二年三組、陽高俊斗(ひだかしゅんと)……って俺のテストじゃねぇか！

あっちもこっちもケアレスミス——減点ばかりの数学に、我ながら赤面不可避だ。

「そんなもん、どっから出してきたんだ、このっ……！」

「わぁー、襲われちゃうよ〜！」

わざとらしい棒読みをしたミリュビルは、テストを奪い返そうとする俊斗から軽やかに身をひるがえし、

「あはは、今日のところは退散するよ。フィオナの答え合わせはもう少し後で——」

不吉な笑みを残し、シュッとどこかに消えてしまった。

「ったく、ろくでもねぇ魔獣だな……」

床に落ちたミスだらけのテストを拾い上げ、チッと舌打ちする。

だけどテストは散々でも、契約の答えは間違えようがない。

恵令奈ちゃん＝フィオナ——それ以外の解答がどこにあるっていうんだ。

答えを後押しするように、スマホが鳴った。恵令奈からのメッセージだ。

〈先輩、ちゃんとお家に着きました？　先輩と——それからレオ様と花火を見られて、今

日は人生最幸の日です♡〉

やっぱり、どう考えても恵令奈ちゃんが『正解』だ。

前世の記憶だって持ってるわけだし――。

「ミリュビルのやつ、故意に惑わせて楽しんでるだけじゃないか？　人をからかうのが趣味みてぇだし……」

それにしても――前世のこと、断片的ではあるけど思い出せてよかった……。

記憶が戻る前は恵令奈ちゃんのこと、『妹』としか見てなかったもんなぁ。

あのまま妹扱いして、他の誰かと付き合うなんてことになってたら、契約違反で恵令奈ちゃんは――。想像しただけでゾッとする。

とはいえ、突然の前世情報に頭の整理が追いつかない。恵令奈ちゃんのこと、『前世の彼女』として見るのはまだ慣れないっていうか、違和感の方が大きかったりする。

もちろん、現世で再会できたことは嬉しいけど――

〈明日先輩とラブラブ登校したかったのに、朝から演劇部の練習なんです、しょんぼり。あ、でも放課後は練習ないし、帰りはデートしましょーね♡〉

こういう急な恋人ムーブには、戸惑いを隠せないってのが本音だ。

こっちはまだ『妹』フィルター外せてないのに、恵令奈ちゃんの方はかなり盛り上がってて、なんか申し訳ないっつーか、罪悪感すらある。それでも——

〈そうだ、髪飾りありがとうございました♡　嬉しくってお風呂入った後、また付けちゃってます♪〉

そんなメッセージとともに送られてきたのは、彼女の自撮りだ。

フリフリのラブリーなパジャマ姿で、リップもなしの、あどけない素顔。

美しいプラチナブロンドの髪はお風呂上がりでかなりラフ——なのに例の髪飾りがキラリと輝いていて、

「ったく、寝るときまで付けるとかどんだけ気に入ってんだよ、可愛(かわい)すぎか！」

こういうとこは純粋に愛(いと)しく思うし、今は『妹』感が強いけど、これからゆっくり恋になればいいな、と素直に思う。

そうだ、急がなくていい。現世でもじっくり恵令奈(フィオナ)と愛を育(はぐく)んでいけばいいんだ。何の心配もいらない。

そう思っていたのに——。

翌日、事態は急変する。

朝のホームルームで、担任の更紗先生が転校生を紹介したのだ。

「今日からこのクラスに新しい仲間が加わります。さ、どうぞ――」

先生に促され、スッと教室に入ってきたのは、息をのむほどの美人だった。

けれど華やかというより、静謐な闇夜の気配がする。

漆黒のストレートヘアに、温もりを感じさせない白肌。

アメジストのような瞳はどこか物憂げで、薄い唇はニコリともしていない。

転校初日なら、普通はもっと愛想よくしたり、でなきゃ緊張でおずおずしてそうなものなのに――。

前の学校のものだろう、他校――それも名門女子校の制服を着ていることもあって、明らかに異質な感じがする。

キチッと締められたネクタイに、清く正しい膝丈のスカート。

優等生然としてるのに、ブレザーの袖からは校則違反な銀のブレスレットが覗いていて、そのチグハグさが彼女の異質さをより際立てていた。

だけど――だけど今はそんなこと、どうだっていい。

だって異質なはずの彼女からは、くるおしいほどに懐かしい波動がして――

外見はまるで違うし、性格もわからないのに、
まだ声も聞いてなくて、名前さえ知らないのに、
問答無用で確信せざるを得ない。
ああ、彼女こそがフィオナの生まれ変わりだと――。

第三章　フィオナとフィオナ

いったいどういうことだ——？

教壇の前に立つ転校生に、俊斗の体がゾクリと粟立つ。

闇色の髪に、雪のような白肌。どこか陰のあるアメジストの瞳。

隙なく整った面立ちの彼女は、まさに鳥肌モノの美貌——だけど、それだけじゃない。

彼女の放つあまりにも懐かしい波動が、強い磁石のように俊斗を惹き付ける。

視線に気付いた転校生が、俊斗の方を向いた。

憂いを宿した深紫の双眸に、ゆらり——七色の虹が浮かび上がる。

あの虹はフィオナの……！

あまりの衝撃に、たまらず椅子から立ち上がる。と——

「陽高君、美人だからってがっつかないの」

更紗先生が、ゴホンと咳払いした。

やっべぇ、ホームルーム中だってこと忘れてた……！

「これはその……足がやたらアクロバティックなつり方しちゃって、その反動でつい……」

クスクスとクラスメイトたちが笑う中、どうにか誤魔化して席に着く。

「それじゃ、自己紹介お願いできる?」

仕切りなおした先生に促され、形の良い唇をゆっくり開いた転校生は、

「夜神瑠衣です」

低体温な声で微笑みもなく告げると、それきり黙り込んでしまった。

どこから来たとか、よろしくとか言わないんだ?

その場にいた誰もが困惑し、気まずい沈黙が流れる。

「ええと、名字の漢字が珍しいのよね。弓矢の矢じゃなくて夜の……あ、せっかくだから書いてもらえる?」

話を盛り上げようとした先生が、瑠衣にチョークを差し出す。

しばらくの沈黙のあと、華奢な手でチョークを受け取った瑠衣は、カッ、カッと《夜》の上部分、《亠》を書いたところで、

「――私、こういうのはちょっと」

美しい眉を不機嫌そうに寄せ、チョークを先生に返した。

「ちょっ、あそこでやめちゃうんだ!?」

「サインNGのアイドルかよ」

まさかの行動に、みんなザワザワしている。

「もしかして緊張しちゃった？　先生も若いころは板書苦手だったかも……って今もそれなりに若いのよ？」

特に後半を力強く主張した先生が、瑠衣の代わりに続きを書いた。

「はい、これで《夜神瑠衣》さん。みんな仲良くしてあげてね。それじゃ、夜神さんは後ろの空いてる席を使って？」

先生の指示で、瑠衣は窓際最後尾の席に座った。廊下側最後尾の俊斗（しゅんと）からは、間に三人挟んだ、近いようで遠い距離だ。意図しなければ、視界にすら入らない。

それなのに、視線はどうしても彼女へ吸い寄せられてしまう。

だって気のせいなんかじゃない。彼女からは確かに『フィオナ』が感じられて——

いったいどうなってんだ？　フィオナの生まれ変わりは恵令奈（えれな）ちゃんのはずなのに……。

前世の恋人がもう一人現れるという不可思議な事態に、困惑が止まらない。

ふっと脳裏に浮かんだのは、昨夜のミリュビルの言葉だ。

『もっと慎重になった方がいいと思うんだよねぇ～。誰が愛し（いと）のフィオナか——答えを間違えたら、契約不履行の代償を払ってもらうよ？』

まさかあれ、恵令奈ちゃんと夜神さん——二人のどちらかは偽物（にせもの）で、それを見抜けなきや本物のフィオナが犠牲になるって、そういう意味だったのか――？

「マジかよ……」

突如降りかかってきた難題。前世からの思わぬツケに、頭が真っ白になる。

当然のことながら、その日は全くと言っていいほど授業に集中できなかった。

だけど、上の空だったのは二人目のフィオナ――瑠衣も同じらしい。

というのも授業中、彼女と何度も目が合った。一限目も二限目も三限目も……それに昼休みだって。

「食事は静かにとりたい主義なの」

そう言って女子たちの誘いを断った彼女は、自席で一人黙々と弁当を食べていたが、それでもチラチラとこちらを窺っていた。

「僕に話でもあるのかな……」

一緒に弁当を食べていた誠司が不思議そうにしていたが、恐らくは違う。

これだけ距離があるのに頻繁に目が合うってことは、彼女の方も積極的にこっちを見てるってことで――

夜神さん、俺が『レオ』だって気付いてるのかもしれない――？

まずは接触してみるか――。

意を決した俊斗は放課後、自席で帰り支度をする瑠衣に申し出た。

「あのさ……もしよければだけど、これから学校を案内しようか？」

突然の誘いに驚いたのは、周りにいた男子たちだ。「陽高のやつ、チャレンジャーすぎねぇ？」「絶対拒否られるだろ」と、早くも同情的な視線を寄せてくる。

無理もない。瑠衣は今日一日、清々しいほどの塩っぷりだったのだ。

ついさっきも「このあとお茶しない？」とか「カラオケどうよ」とかいう楽しげな誘い（しかもイケてるグループからの！）を秒で断っていた。

帰り際に学校案内なんて退屈な申し出、普通なら『ごめんなさい』一択だろう。

だけど彼女がフィオナで、『レオ』と話す機会を探してるなら――。

「せっかくだから、お願いしようかしら」

予感を裏付けるように、瑠衣が淡く微笑んだ。

「えええ、夜神さんＯＫなんだ!?」「ちょっ、笑顔の破壊力ヤバすぎ」「ていうか陽高のやつ、普段やる気ゼロなくせに今日はなんなの？」

孤高の美人転校生、初のスマイル――それから、いつになく積極的な俊斗にクラス中がどよめく。らしくない親友の姿に「俊斗……？」と誠司も困惑気味だが、事情を説明している暇はない。

「悪いな誠司、また明日……！」

早く『正解』を確かめたい俊斗は、ポケットで通知に震えるスマホにも構わず、瑠衣を教室から連れ出す。が――

学校案内……誘いやすい口実ではあったけど、どこに連れてきゃいいんだ？

「こ、このあたりで気になる場所ある？　寄りたいとこあったら案内するけど……」

……って観光地じゃあるまいし、そんなこと聞かれても困るわ、周り教室しかねぇよ！

自分でもツッコミが止まらないが、

「気になる場所――」

わずかに小首をかしげた瑠衣は、

「見つけた」

白く美しい人差し指を構える。彼女が指したのは俊斗の胸――心臓のあたりだった。

ブレザーの袖から覗く銀のブレスレットは、近くで見ると意外とロック。繊細なチェーンというより、小ぶりな鎖を思わせるデザインだ。チェーンを繋ぐハートの南京錠がゆらゆら揺れている。

「ええと、そこは学校じゃないかも……」

まさかの指名に戸惑って、つまらない返しをしてしまう。

けどこれって、心の内を明かして前世の話をしたいってアピールだったり――？

「ふふ、冗談。二人でゆっくり話せるところがいい」

フィオナの陰をはらんだ瞳が、意味深に瞬く。

前世の話をするなら、人のいない静かなとこがいいよな……。

最適な場所を目指し、瑠衣を連れて階段を駆け上がった。


「いいお天気」

太陽に手を翳した瑠衣が、心地よさそうに空を見上げる。

やって来たのは屋上だ。先客もなく、二人きりの開けた空間が広がっている。

とはいえ、またか――。通知に忙しいスマホの振動音がハンパない。

それに吹奏楽部のチューニング音や運動部の掛け声なんかも聞こえてきて、あれ……意外と騒々しい？　けどまぁ、秘密を打ち明けるには、そう悪くない場所だろう。

「あ、あのさ……」

さっそく本題を――と口を開くと、

「足の調子はどう」

「あ、足!?」

思わぬ質問に、間の抜けた声が出る。

「今朝言ってたでしょう？　アクロバティックなつり方をしたって」

「や、あれはただの言い訳……」

「それって、やっぱりがっついてたってこと？　女性に手が早いタイプね」

「ちょっ、違うって！　あれは夜神さんがフィオナだったから――」

俊斗の弁解に、ハッと目を瞠る瑠衣。深い紫の瞳が、驚きに揺れている。

この反応は、やっぱり……！

「前世ぶり……だよね、元気してた……？」

……って、なんじゃそりゃ。感動の再会に見合うような、洒落た言葉が出てこない。

だけど『フィオナ』なら、優しく受け止めてくれるんじゃないか。そう思ったのに――

「前世って何の話？」

彼女の反応は、ひどくそっけないものだった。

「や、だって夜神さんはフィオナの生まれ変わりで……」

「なにそれ。私、フィオナなんて知らない。前世とかそういう系の話、好きじゃないし」

「フィオナを知らないって、そんなはずないだろ……？」

今だって、胸が締め付けられるような思いがするんだ。夜神さんの放つ懐かしい波動が、強力な磁石のように俺を惹き付けて――これでフィオナじゃないとか嘘だろ……！

「夜神さんだって、俺のことチラチラ見てたろ？　あれって、俺が前世の恋人だって気付いたからじゃ……」

「単に好みだから、じゃいけない？」

どこか挑戦的な流し目が、俊斗の顔をゆっくりと撫でる。

「転校先に好みの男の子がいたから、つい見ちゃったの。そういうのってダメかしら。不躾に見つめるなんて、はしたない女だと思う？」

「そういうわけじゃないけど……」

前世は否定するくせに、そーゆーこと言っちゃうんだ？

気恥ずかしくなって、瑠衣からぎこちなく目をそらす。

「私たち、体の相性がいいのかも——」

「ちょっ、いきなり何の話——!?」

ただでさえ赤い顔が、一気に茹で上がる。

「私のこと、一目でがっつくほど気になってるんでしょう。私もあなたのこと、一目見た瞬間から気になってる。これってある意味運命じゃない？」

俊斗の顔を覗き込んだ瑠衣がクスリ。吐息のように密やかな声で続ける。

「私たち、体の相性ばっちりね」

「……それ、普通に『相性』でよくないっすかね」

無駄に『体』とか付けるから妙に顔が熱い。

フィオナって、こんなこと言う子だっけ……？

前世のおぼろげな記憶をたどってみる。うーん、ちょっと違うような気もするし、そもそも夜神さん本人は否定してんだよな、前世のこと……。

だけど——彼女を横にすると近距離な分、余計に感じてしまう。彼女が放つオーラは、やっぱりどうしようもなく『フィオナ』だ。

ものすごい引力で、魂が引っ張られるような感覚。

性格も、それに外見だってまるで違うのに…………って似てるトコもあったわ。

夜神さんが『体の相性』とか変なこと言うから、つい目が行ってしまう。

制服のネクタイの下の魅惑の膨らみは、華奢な体つきのわりに豊かに実っていて、そこだけはフィオナと同じ……

「——ねぇ、どこ見てるの」

不埒な視線を咎める声は、だがしかし背後から響いた。

「先輩、私からの連絡も無視して何してるんですか？」

振り返ると、スマホを手にした恵令奈が恨めしげに立っていた。

い、いつの間に……！　驚く一方で、改めて実感する。

ビジュアル的には、恵令奈ちゃんの方が圧倒的にフィオナなんだよなぁ。夜神さんほどのオーラは感じないけど……。

「ごめん、連絡くれたの恵令奈ちゃんだったんだ」

謝りつつもスマホを確認すると——うわっ……！

やけに通知がうるさいと思ったら、メッセージが鬼のように来ていた。

〈先輩、授業終わったら連絡くださいね♡〉

〈先輩？〉〈ねぇねぇ♡〉〈愛（いと）しの恵令奈ちゃんですよーっ♡〉

〈不在着信〉

〈先輩、お兄ちゃんに聞いたらとっくに授業終わってるって言うんですけど……〉

〈先輩、今どこですか〉

〈先輩、美人の転校生が来たってほんとですか〉

〈先輩、まさかその人と一緒にいませんよね〉

〈不在着信〉〈不在着信〉

〈先輩、今どこにいるの〉〈誰といるの〉〈ねぇ〉〈無視しないで〉〈いまどこ〉〈いまどこ〉〈誰といるのよ！〉〈先輩！〉〈先輩！〉〈先輩！〉〈不在着信〉〈不在着信〉〈不在着信〉


……って最後の方なんか怖いんですけど!?

「先輩ひどいです、放課後は私とデートの約束してたのにぃ」

「そ、そそそうだっけ？」

やべぇ、すっかり忘れてた！　けど今日はそれどころじゃなかったし、『本物（フィオナ）』の命がかかった緊急事態ってことで見逃して……ってそうだ！

前世の契約のこと、恵令奈ちゃんに相談すればいいんじゃ……？　そうだよ、恵令奈ちゃんの協力があれば、フィオナが二人いる謎も案外簡単に解けるかも……！

「あ、あのさ、実はフィ……」

打ち明けかけたとたん、喉がこわばって声が出なくなる。さらには――

「――っ……！」

心臓に杭を打たれたような痛みが走った。金縛りのように体が固まって、呼吸さえできない。

いったいどうなってんだ……？　タチの悪い呪いでもくらったみたいなこの感覚……そうか、契約の枷――！　ミリュビルと交わした契約の内容は他人には明かせないって、そういうことかよ……！

苦痛に悶えながらも状況を把握した俊斗は、契約の開示を断念する。――と、一瞬にして痛みから解放され、息ができるようになった。

「先輩、大丈夫ですか……？」

「あ、ああ……今のはその、忘れて……？」

額に噴き出た汗を拭って、ぎこちない笑みで応える。

「先輩……あの人と何かあったんですか？」

訝しげに眉を寄せた恵令奈はチラリ、静観していた瑠衣を見やる。

「や、それが……」

契約の枷って、どこまで作用するんだ？　フィオナがなぜかもう一人いるってこと自体は明かせる……？

いや、よく考えたら伏せといた方がいいのかも……。

夜神さんと違って、恵令奈ちゃんにはフィオナの自覚があるわけだし、なのに『他の子がフィオナかも』とか言われても『は？　なにそれ』って感じだろうし、あんま気持ちのいいもんじゃねぇもんな。

俺だって目下混乱中――フィオナが二人いるとか意味わかんねぇし……。

「彼女はその……転校生なんだ。それで学校を案内してて……」

「んもぅ、それならそうと連絡くださいよぉ。先輩の身に何かあったのかもって、危うく警察呼ぶとこでした」

「ちょっ、そんなことで警察呼んじゃダメでしょ」

「えへ、なんとか自力で見つけられてよかったです。そうだ、今後のために先輩のスマホにアプリ入れてもいいですか、カップル用のGPS♡　先輩がどこで何してるか一目瞭然だし、今日みたいに学校中を駆けずり回って探さなくても平気でしょ♡」

……って恵令奈ちゃん、俺のこと探して駆けずり回ってたんだ⁉

「ごめん、そういう重いのはちょっと……」

「え……先輩、今、重いって言いました……？」

やべぇ、なんか地雷踏んだっぽい……。恵令奈ちゃんの目が笑ってるのにすんげぇ怖い、輝きのない虚ろな目になってる……！

「やっ、重いってのは恵令奈ちゃんのことじゃなくて、スマホの話！　俺のスマホ、容量パンパンで動きがすぐ重くなんの。だから余計なアプリは……」

「え……先輩、今、余計って言いました……？」

やべぇ、恵令奈ちゃんの目がますます虚ろになってる！　いつもは透き通る湖みたいなブルーが、汚水で濁りまくった川の色になってる……！

「え、ええと……余計っていうのは恵令奈ちゃんのことじゃなくて……」

参ったな、迂闊なこと言うとまた地雷踏み抜きそう……。頭を悩ませていると、

「やだ、先輩を困らせたかったわけじゃないんです……！　確かにスマホが重くなっちゃうのは困りますもんね、えへへ♡」

いつもの調子を取り戻した恵令奈は、だが恨めしそうに瑠衣を見やる。

「それにしてもいいなぁ、転校生ってだけで先輩に学校を案内してもらえるなんて。先輩、困ってる人を放っておけないタイプですもんね！　優しさの結晶体みたぁい♡」

そこまで言った恵令奈は、にこっ。わざとらしいほどに口角を上げると、「あ、でもね——」と瑠衣に笑顔で続ける。

「先輩が優しいのは、右も左もわからない転校生への憐れみであって、それ以上の好意なんてミジンコほどもないってこと、ちゃんとわきまえてくださいね♡」

ちょっ、恵令奈ちゃんってばどうしちゃったの？　夜神さんへの圧というか、トゲを感じるような……？

「あら、私にはただの憐れみには思えなかったけど。だって陽高君、とても情熱的だったのよ？　私が教室に入った瞬間、跳び上がって歓迎してくれたし、照れながらも熱い瞳で学校案内を申し出てくれたの。それに見て？　こんな素敵な屋上にわざわざ連れ出してくれたの、二人っきりの逢瀬をたっぷり楽しめるように――」

ちょっ、夜神さんまで何の話⁉　それ語弊ありすぎってか全部絶妙に解釈違いだよ、恵令奈ちゃんのこめかみピクピクさせるような発言やめよ⁉

「へ、へぇ……。転校生ってだけで、そんな特別待遇されちゃうんだ……」

動揺に声を震わせた恵令奈が、「な、なら私も一日転校したあと、また戻って来ようかなぁ」などと珍妙なことを言い出す。

「そしたら私だって転校生。先輩、私のことも熱烈に案内してくれますよね⁉」

「や……仮に転校し直したところで恵令奈ちゃん、もうこの学校のこと熟知してるし、今さら案内とかいらな……」

「じゃあどこかに頭ぶつけて忘れちゃえばいいのかなぁ、ウチの校内図♡　いっそ先輩のこと以外全部忘れちゃえば、手取り足取りいろんなこと教えてもらえたり……？」

「ちょっ、『それも悪くないし全然アリ♡』みたいな顔で何言ってんの、ナシだよナシ、絶対ナシ……！」

笑顔でとんでもないことを言い出す恵令奈に、一歩引いてしまう。——と、

「——ねぇ先輩、浮気は傷害罪ですからね」

いつもよりワントーン低い声。どこか病んだような瞳が、俊斗をじいっと見上げる。

私を裏切ったら許さない、とでも言わんばかりの不穏さだ。

「や、俺は別にそんなつもり……」

「大丈夫よ陽高君、浮気じゃなくて『本気』なら無罪放免だわ」

顔色も変えずにサラッと言ってのけた瑠衣が、やけに熱っぽい目配せをする。

や、だから夜神さん、なんで煽るようなこと言っちゃうかな？　ああほら、恵令奈ちゃんの目がどんどん病み……ってか闇色に染まってんだけど!?

「なにそれ、人の彼氏取るなんて窃盗ですよ、窃盗罪！　ああもうっ、やっぱり警察を呼んでおけばよかった」

激しい口調になった恵令奈が、瑠衣を鋭く睨めつける。が、瑠衣は余裕たっぷりに首を振った。

「取った覚えはなくても自然と惹かれあってしまう、それも罪なのかしら？　もっとも、

陽高君とならどんな罪を犯しても構わない——そんな風にも思うのよ、私」

や、俺的には罪なんて犯したくないです、これでも平和主義者なんです……！

っていうか、なんでこの二人張り合ってんの!?

フィオナそっくりな恵令奈ちゃんと、フィオナそっくりなオーラを放つ夜神さん。

見えない火花を散らす二人のフィオナに挟まれ、全身から冷や汗が流れる。と——


——ピシリ。


亀裂音がした。険悪すぎる彼女たちの間にヒビが入ったとか、俺のキャパが許容範囲を超えて決壊寸前とか、そういう比喩じゃない。

どこか遠くで確かに鳴ったのだ。前にも聞こえた、卵の殻にヒビが入るような音が——。

これってマジで何なんだ？　吹奏楽部の音や運動部の声は相変わらず賑やかで、普通だったら聞き逃すレベルなのに……。

恵令奈ちゃんたちには聞こえてない……んだよな？

反応のない二人に戸惑っていると——

くらり——艶やかな黒髪を儚げに揺らしながら、瑠衣がよろめく。

「夜神さん……！」

慌てて駆け寄ろうとする俊斗を「平気よ、ただの立ちくらみ」と手で止めた瑠衣が、弱々しげに微笑む。

「転校初日で疲れてしまったみたい、今日はこれで失礼するわね」

そう言って俊斗に背を向けた瑠衣は、だが顔だけ振り返って、

「陽高君、私ね、前世は信じないけど運命は信じるタイプよ」

やけに切なげな眼差しを送る。

「夜神……さん……？」

「ふふ、次は邪魔の入らないところでたっぷり深めましょうね、体の相性——」

「や、だから言い方……！」

即座にツッコむも、瑠衣は無言で手を振って、屋上を出て行ってしまった。

ったく、なんでそーゆーこと言うかな……。

「体の相性って、何の話ですか？」

うわぁ、恵令奈ちゃんの顔が般若……！

「それに先輩、あの人に前世の話したんですか。なんでなんでなんで？」

「それはその……普通の人って、どれくらい前世のこと覚えてるもんなのかなーって気になって……」

「んもぉ、普通は前世なんて覚えてないですよ。覚えてるのは私たちだけ♡　前世も運命

も、私たち二人だけのものなんですからね？」

恵令奈はそう言って、キャンディーみたいに甘～い上目遣いを向ける。

「私以外によそ見するなんて許さない♡」

よかった、さっきまでの病み闇モードじゃない。いわゆるやきもち焼きの彼女って感じで、普通に可愛い……んだけど、『妹』フィルター外しきれてないせいか？

恵令奈ちゃんのこと、『恋人』目線で見るのはやっぱり慣れないんだよなぁ。

前世からの流れでぬるっとお付き合い続行中っぽくなってるけど、告白とか交際の申し出とか、そーゆーイベントすっ飛ばしちゃってるし……。

「先輩、私たち付き合ってる……んですよね……？」

どこまでも澄み渡るブルー。俊斗の迷いを見透かすような瞳が、不安そうに瞬く。

「え、ええと……」

つーか、これって『もちろんさベイベー』とか答えちゃっていいもん？

や、そんな軽薄なコト言うつもりはさらさらないけど、引っかかるのはミリュビルとの契約だ。

もしも恵令奈ちゃんが『正解』じゃなかったら、ここで交際を認めちゃうと夜神さんの命が危なかったりする……？

恵令奈ちゃんが『正解』だとは思う。けど夜神さんのあのオーラは到底見過ごせないし、契約の代償を思うと慎重にならざるを得ない。

「重たい女の子でごめんなさい……。でも私、不安なんです。また前世みたいにうまくいかなかったらどうしようとか、二人の間に邪魔が入ったらやだなって、怖くて怖くて――」

フィオナに瓜二つ（うりふた）の瞳が、切実に、すがるように訴える。

「先輩、私のことだけ見ててください。レオ様のこと、今度こそ私が幸せにしてみせますから……！」

そうか、恵令奈ちゃんがやきもち焼きなのって、前世がトラウマになってるからか……。口にできないほどの悲恋だったんだもんな、過剰な心配や束縛もそのせいで――。

だけど、それならなおさら言えない。

夜神さんからも『フィオナ』を感じてるなんて……。

「ごめん、少し時間をくれないかな。恵令奈ちゃんが悪いとかそういうことは全然なくて、これはただ純粋に、俺自身の問題なんだ」

「先輩の……問題……？」

「そう、どうしても一人で解かなきゃいけない問題があって――」

余計なことを言って彼女を不安にさせたくない。

そんな思いから、ただ曖昧（あいまい）に笑うしかなかった。

いったいどっちが『正解』のフィオナなんだ――？

帰宅後、自室にこもった俊斗は宿題なんてそっちのけ。

机で一人、例の難問に頭を悩ませていた。

「見た目もそっくりだし、やっぱ恵令奈ちゃんが正解……だよな？　けど夜神さんのあのオーラは疑いようもなく本物だし、でもフィオナの自覚があるのは恵令奈ちゃんの方で……って、あーもうマジでわっかんねぇ！」

椅子の背にもたれかかり、わしゃわしゃわしゃっと乱暴に頭を掻いていると、

「やあやあ、『答え』は出たかい？」

ミリュビルがどこからともなく現れた。紫のツインテールに黒のロリータドレス――相も変わらず幼女の姿に化けている。

「うっせぇ、今考えてる最中だ。つーか勝手に入ってくんな！」

苛立ちをあらわにすると、ミリュビルはにまぁっと口の端を上げる。

「あれあれぇ、もしかして迷ってるぅ？　あんなにも自信満々だったくせにぃ～～～」

「だからうるせぇわ！　つーか、お前は『正解』を知ってる……んだよな？」

「そりゃぁもちろん☆」

「じゃ、じゃあ答えを……」

「教えるわけないじゃぁ～ん♪」

軽い口調とは裏腹に、ミリュビルの瞳は底冷えするような冷たさをまとっていた。

「キミが悩めば悩むほど、ボクがいただくご馳走は極上のものになるんだからさぁ」

「ちょっと待て、ご馳走って何の話だ？」

「初代との契約をねじ曲げてまでキミと契約したんだ、ボクにだってメリットがなきゃぁ。このボクが何の見返りもなく人助けするとでも思ったぁ？」

「やっぱり何か企んでやがったのか」

前世じゃフィオナを助けたい一心だったんだろう、『レオ』はミリュビルの協力を純粋に喜んでたみたいだけど、今思うと怪しさしかねぇ。

「ボクさぁ、これでも元はキラッキラに光る宝石だったんだよ。どんな星よりも美しく輝く、世界にたった一つの秘宝だったんだ」

「はぁ？　いきなり何の話だよ」

「手にした者の願いを叶える、なんて言い伝えまであってね。ボクを巡って戦争なんかも起きたりして。ほんっと引く手数多だったんだから」

戸惑う俊斗に構わず、懐かしそうに明かしたミリュビルは「でもさぁ――」と、不穏な笑みで続ける。

「いろんなやつの歪んだ念を吸い続けてるうちにボク、暗黒に染まっちゃって、気付けば自我と魔力を宿すようになってたんだよねぇ」

「なっ、それって人間の念が元で魔石になったたってことか？」

「まぁそういうことになるね。感情はボクにとって貴重な栄養源なんだ。飢えを満たすために魔獣化して大暴れ――人間どもの恐怖を食い荒らしてたんだけどほら、キミの先祖に捕まっちゃっただろぉ？」

しゅんと眉を下げたミリュビルは、同情を誘うように言った。

「それまではいろんな人間から自由に感情を吸えたのに、キミの先祖のせいで契約者以外からの搾取は禁じられちゃったんだよ、ひどい話だろぉ？」

「や、ひどいのは暴れてたお前……ってちょっと待て、契約者以外からは吸えないってことは……」

「うん、今はキミからちゅーちゅーしてるよ♪」

愛らしい唇をタコのようにすぼめたミリュビルが、ちゅーっと吸い出すような仕草をする。無駄に可愛いが、無性に腹立つなおい！

「人の感情を勝手にエネルギー化すんな！」

「いいじゃぁん、ボクたちウィンウィンの関係ってやつだろ。誰が前世でフィオナを助けたと思ってるのさ」

「けどお前のせいで、現世のフィオナが危険にさらされてんだぞ！」

「それってボクのせい？」

「は……？」

「契約に応じたのはキミだろ？　フィオナが犠牲になるとしたら、それはボクじゃない、『正解』を選べなかったキミのせいさ」

禍々しいほどの紅。ミリュビルの無機的な双眸が、俊斗を冷ややかにとらえる。

「ボクは責任を果たした、今度はキミの番だよ」

「それは……そうだけど……」

正論で迫られて、何も言えなくなってしまう。

「こう長いこと生きてると、大抵の感情は食べ飽きてるんだよねぇ。ありきたりな味じゃツマンナイし、もっと面白い料理を食べたいなぁって。前世から漬け込んだ年代物――キミのおかげでようやく願いが叶うよ」

じゅるり、と舌なめずり。赤い瞳を不気味に輝かせたミリュビルは、

「前世からずっと待ってたんだよぉ？　本物のフィオナは誰か、キミには悩みに悩み抜いて至高の絶品に仕上げてもらわないと――」

俊斗にゆっくりと顔を寄せ、ニタァっと妖しく笑う。

「『本物』を選べたときの歓喜はさぞ美味だろうし、選択を誤ってフィオナを見殺しにしたときの絶望なんて……ああ、考えただけでもゾクゾクしてくるよ！　調理過程の苦悩すら蕩けるほどの甘美！　どこを齧っても旨みしかないなんて、キミってば最高だよ……！」

頬を上気させ、恍惚の表情を浮かべたミリュビルが、まだ見ぬご馳走への期待に身をよじらせる。

「くそっ、あの鬼畜仕様の契約はそれが狙いかよ！」

「あはは！　責任重大、キミが間違えたらフィオナが死んじゃうよ～♪」

楽しげに言ったミリュビルはくるくると踊るように一回転。ツインテールをぴょんぴょん弾ませ、口笛まで吹き出す始末だ。

「さすがに趣味悪すぎんだろ……。フィオナを救うためじゃなきゃ、お前になんか助けを求めなかったのに……！」

ぎりぎりと拳を震わせた俊斗は、だがふっと引っかかる。

そもそも、フィオナはなんで命の危機に瀕してたんだ――？

不治の病……いや、悪質な呪いのせいで……？

思い出そうとしても、前世の記憶は相変わらず靄のかかったような状態――ひどく曖昧で、手掛かりさえ掴めない。

「なぁ、せめて前世で何があったかくらいは教えろよ。前世の責任を取るにしたって、覚えてることが少なすぎてフェアじゃねぇ」

「えー、知りたい～？」

髪の毛の先を指でくるくる。もったいつけるように弄んだミリュビルは「じゃあさぁ

〜」と、呆れるくらいの笑顔で言った。

「とりま、フィオナ候補の二人と平等にイチャコラすればいいんじゃないかな☆」

「はぁあ？　この状況でよくそんなこと言えるな、人をからかうのもいい加減に……」

「やだなぁ、理に適った方法だよ。記憶の解放に必要なのはデジャブなんだ。前世を思わせるイチャコラを重ねるのが、記憶を取り戻す一番の近道だと思うけどなぁ〜」

「ハッ、騙されるかよ。そんなわけな………くもないのか――？」

　そもそも前世を思い出したのって、恵令奈ちゃんと花火を見たのがきっかけだったわけだし――？

　そっか、あれってデジャブを感じたから記憶が戻ったのか……。

　納得していると、「ねぇねぇ」とミリュビルが恋バナ好きの女子みたいにささやく。

「現時点ではどっちが気になってるの？　七星恵令奈？　それとも夜神瑠衣の方？」

「ってサラッと候補者特定してんじゃねぇよ、お前には絶対言わねぇし！」

　まぁ、まだどっちも好きじゃないってのがホントのとこだけど――。

　恵令奈ちゃんのことは嫌いじゃないけど、妹フィルター強すぎて『恋』って感じではないし、夜神さんに至っては今日出会ったばかり。

　オーラがあまりにもフィオナだから強く惹かれはするけど、それが『恋』かと聞かれるとうーん、どうなんだ？　レオとしての記憶が曖昧だから、借り物の感情を味わってる気もして、いまいち実感が伴わない。

「にしてもイチャコラって……」

「やだなぁ硬派ぶっちゃって。前世じゃいろいろやってたくせにぃ」

「知るかよ、その記憶すらあやふやなんだよ、こっちは！」

――ていうか実際、レオとフィオナってどこまで進んでたんだ？

建国祭の日とか、あの後どうなったんだろう。かなりイイ感じだったし、恋人っぽく抱き寄せてキスとか――――ってこれ記憶じゃねぇ、ただの妄想じゃん……！

つい浮かんだ甘い一コマを、ぶんぶんと首を振って掻き消す。

「そういや契約上の『フィオナに愛を誓う』って、具体的にはどういうレベルの話なんだ？　告白とか交際するとか、そういうこと？」

先ほどの恵令奈とのやり取りでも気になったことを聞いてみる。

だって二人とイチャコラしろなんて、下手したら契約に引っかかりそうだし。

さすがに『手を繋いだだけでアウト！』ってことはないんだろうが、不用意な言動で『愛』を認定されたら、しかもそれが『本物』に対しての行為じゃなかったら、その時点でフィオナの命は――。

「つーかやべぇ、花火大会の日、恵令奈ちゃんのこと抱き締めてんじゃん！」

前世ぶりの再会で感極まった恵令奈ちゃんが飛びついてきて、だからそれに応えちゃったけど、あれ大丈夫なのか？

「もし恵令奈ちゃんが『正解』じゃなかったら、夜神さんの寿命が削れてたりしねぇ？」

今さら慌てふためく俊斗に、「大丈夫だから落ち着きなよぉ」とミリュビル。

「ハグなんか挨拶だろ。さすがに裸同士はどうかと思うけど、服着てるなら全然セーフだよ」

「そ、そんなもん？　この国じゃハグも結構ラブな行為……ってか裸同士って！」

思わず赤面する俊斗に、にまぁっと目を細めたミリュビルは、

「キスも挨拶だし、軽いやつはセーフだけど、舌入れてじゅびじゅば吸うのはアウトかなぁ～。あ、まぐわうのは一発退場ね☆」

「ちょっ、お前その姿でそーゆーこと言うなよ！」

愛らしい幼女の顔でとんでもないことを付け足す。

「やだぁ～耳まで真っ赤じゃん。キミってば現世じゃ意外とウブ？　前世じゃあんなに激しかったくせに」

「マジか!?　全然覚えがねぇんだけど……」

「もうね、魔獣もびっくりの獣っぷりだったよ。なかなか会えないからって、野外でも平気で交わってたよねぇ～。昼間っから森の中でも、じゅびじゅばアンアン……」

「ちょっと待て、俺の反応見て楽しんでんな？　よく考えたらフィオナって聖女じゃん！」

ふと脳裏に浮かんだのは、聖女の服に身を包んだ神々しいフィオナの姿だ。

そうだよ、フィオナって確か、他の聖女にはない破格の力を持ってるって、シャニール王国でも有名だったはず……。

敵国の聖女ではあるけど、慈愛に満ちた奇跡の女神だって、密(ひそ)かに崇(あが)める人も多くて――そんな神聖な聖女サマ相手に、そうそう変なコトできねぇだろ。

「聖女ってほら、そーゆーことすると神聖力を失うって聞くし、穢(けが)すようなマネはしてねえよ、たぶん……」

「え～！　キミが手を出したせいでフィオナは弱っちゃったんじゃぁん、それすら忘れちやったのぉぉ？」

「マジかよ、レオ(俺)最低か……！」

「――とまあ冗談はさておき、フィオナに愛を誓うってのは『一生幸せにする』ってことになるんじゃないかなぁ」

けろっと本題に戻ったミリュビルが、退屈そうにあくびする。

「って冗談かよ！」

一拍遅れたツッコミを入れつつも、「一生幸せに、か――」と了解する。

でもそれって、どんな感じなんだ……？　いわゆるその……結婚とか――？

『俊斗(しゅんと)』としては恋愛経験ゼロなせいか、いまいちピンとこない。

二人のこともっと知らなきゃ、そんな気持ちにはなり得ないんだろうし……。

イチャコラっつーか、まずは二人との距離を自然な感じで縮めてみるしかないか……。

前世の記憶も取り戻さなきゃだし――。

とはいえ、デジャブが起こりそうなイベントって何だ――？

花火以外でフィオナと過ごした思い出って……ダメだ、全然思いつかねぇ。

一緒にゲームで村づくり……はしてねぇよな、前世じゃカラオケとかボーリングも無理そうだし……。

「あーもう！　何かねぇのかよ、シャニールの騎士とランブレジェの聖女がやってそうなこと……って、そうだ――！」

名案をひらめいて、すぐさま二人のフィオナ候補――ではなく、親友の誠司に連絡を入れた。

第四章　ありえない忘却

翌日の放課後、俊斗はフェンシング部に向かった。活動場所の第二体育館を覗くと、

「待ってたよ俊斗、入部にする？　それとも入部？」

フェンシングの防具に身を包んだ誠司が笑顔で迎えた。

うわぁ、右手にも左手にも入部届持ってる……！

「だから入部はしないって」

誠司のやつ、部員が少ないと団体戦に出るのも一苦労とかで、隙あらば勧誘してくるんだよなぁ。

「けどフェンシング部、充分盛況じゃね？」

体育館内を見回すと、誠司に熱い視線を向ける女子たちでいっぱい。貴公子の一挙一動にキャーキャー騒いでいる。

「彼女たち、部員は部員でもマネージャーなんだ。皮肉だよね、選手の数よりマネージャーの方が多いなんてさ」

そりゃ誠司がモテるからだろ？　ま、俺はフィオナ一筋だから羨ましくなんかねーけど

な、ちょっとしか……！

　というか、今日ここに来たのもフィオナのためだったりする。

　記憶の解放に必要なのはデジャブだ。前世じゃ国を守る騎士だったわけだし、フェンシングで騎士っぽいことすれば記憶が戻るかも……？

　そうひらめいて、昨日誠司に相談したんだ。『明日フェンシングやらせて？　つーか剣とかの道具も全部貸して？　や、入部はしねーけど！』と──。

「フェンシング、フルーレから始める子が多いけど、俊斗はサーブルでいいんだよね？　僕もサーブルだから教えやすくはあるけど……」

「お、おう、それって斬ってもいいやつ……なんだろ？」

　なんでも、フェンシングにはエペ、フルーレ、サーブルの三種目があって、それぞれルールどころか剣や防具まで違うらしい。

　初心者すぎて、え、フェンシングって『フェンシング』って種目一択じゃねーの？　と困惑しかないが、エペとフルーレの攻撃は『突き』のみなんだとか。

　いやいや、騎士は斬ってこそだろ！　ってことで『斬り』も有効なサーブルを希望したんだけど──

「はいこれ、僕の予備」

　誠司に渡されたサーブルの剣は、思ったより細身で頼りないものだった。重厚感に欠けるし、前世で使っていた剣とはずいぶん違う。

「なあ、もっとエクスカリバーみたいなごっつい剣ねーの？」

「あるわけないでしょ。俊斗ってば何と戦う気なのさ、普段は平和主義とか言ってるくせに」

「や、それはそうなんだけど……」

剣が違いすぎるからか？　期待してたようなデジャブが微塵も起きない。

剣を手にした瞬間、封印されし記憶が蘇り——的な展開を狙ってたのに……。

がっかりしていると、

「あ、せんぱーい！」

俊斗を見つけて手を振った恵令奈が、とととっと駆けてくる。今日はフェンシング体験をすると、事前に伝えていたのだ。

「ふふ、先輩の勇姿を見たくて演劇部の練習抜けてきちゃいました♡」

恵令奈の無邪気な笑みに、そうだまだ作戦は終わってない——！　と気を取り直す。

フェンシングで騎士の腕前を見せたら恵令奈ちゃん、『先輩の戦ってる姿、やっぱり素敵です！』とか惚れ直してくれそうだし、自然な感じでデジャブなイチャコラができるチャンス！　今度こそ記憶の解放が起きるに違いない……！

欲を言えば、もう一人のフィオナ候補——夜神さんにも来てほしかったけど、今日は学校休んでんだよな。疲れが溜まってたみたいだし、風邪でも引いたかな……ってやべぇ！

「――先輩、今誰のこと考えてました？」

　恵令奈ちゃんの瞳に病み闇の気配が……！

「だっ、誰って、何の話かな～？　つーか誠司、試合しようぜ試合！」

　慌てて話をそらすと「試合っていきなり？」と誠司が戸惑う。

「さすがに無理でしょ、まだルールも説明してないのに」

「それが俺、実は経験者なんだ、凄腕の！　だからほら、遠慮なく全力で来てくれ」

「よく言うよ、サーブルが何かも知らなかったくせに。さては、ただチャンバラごっこがやりたいだけ？」

「先輩、私が手伝います♡」

　すっかり呆れた様子の誠司が、「それにしたって防具はつけてよね」と苦笑する。

　恵令奈の補助もあって、すっかりフェンサーの装いになった俊斗は、ピストと呼ばれる細長いコートの上に立つ。

「サーブルで攻撃できるのは上半身だけ。本当は攻撃権ってのがあるんだけど、俊斗は気にしなくていいや。とりま雰囲気だけ楽しんでよ」

　今日は審判機もナシで、と初心者用にルールを簡略化した誠司が、「まずは五点先取でいい？」とフェンシングマスクを手に聞いた。

「それって、五回先に突くか斬られるかしたら負けってこと？　戦場じゃ一撃でも致命傷になり得るわけだし、一点先取でよくね？」

「今日の俊斗（しゅんと）、平和主義どこに忘れてきたのさ……」

不審そうに眉をひそめた誠司（せいじ）は、だがニッと不敵に笑ってマスクをかぶる。

「俊斗がここまでやる気出すのも珍しいし、オーケー。一撃必殺でいかせてもらうよ」

「望むところだ」

悪いが恵令奈（えれな）ちゃんに騎士時代の勇姿を見せて、デジャブなイチャコラに持ち込まなきゃなんねぇんだ。親友相手でも手加減なんかしないぜ？

つーか俺の実力がバレたら、それこそ部員になってくれってせがまれそうだけど、それだけは勘弁な？

フッと余裕たっぷりにマスクをかぶると——うわっ、なんか薄暗いっつーか、ザルの中にいるみたいで前が見づれぇ！

慣れない視界に戸惑いつつ、剣を構える。

「はいは～い、私審判やりまーす♪」

スッと手を挙げた恵令奈が、ピストの脇に立った。

「準備はいーい？（エト・ヴ・プレ）　はじめっ（アレ）♪」

愛らしい掛け声の刹那、誠司が勢いよく攻めてきた。

ヒュンと風を切る誠司の剣先を、すんでのところでかわす。

が、間髪いれずに仕掛けてくる誠司。てゆうか速い速い、マジで速い……！

さすがはフェンシング部のエース、洗練された激しい剣捌(さば)きがハンパない。

前世の勘でどうにかよけるが、マジでギリギリ。マスクで視界が悪いし、このままじゃやられる――！

一旦後方に引いて息を整えた俊斗は、こっちは戦場で戦ってたんだ、そう簡単に負けるかよ……！　と一転攻撃を仕掛ける。

誠司めがけてブンと振り下ろした剣は、だがあっさりとよけられる。ってやべぇ、もう次の手が来た！

「させるかよ……！」

ギラリと迫る剣先を、己(おの)が刀身で防ぐ。

カンッ――！

剣のぶつかる金属音が響いて、腕にジンと痺(しび)れるような痛みが走った。

そのどこか懐かしい衝撃に――え、今……!?

青い蝶(ちょう)の群れと白い花びらが、躍るように視界を埋め尽くして――

――カチャリ。

記憶の解放が起きたらしい、意識が前世へ遠のいていった。

——っ、眩(まぶ)し……！

フェンシングマスクで薄暗かった視界が、急にクリアになる。

屋外の明るい日差しの中——ギィンッ！

『レオ』は迫りくる剣先を、己の剣で防いだ。

激しい金属音を放つそれは、先ほどまでの柔な剣じゃない。がっちりと硬く鋭い騎士の剣で、手合わせしているのは誠司(せいじ)——に似ているが、違う。

肩まである青い髪を後ろで束ね、シャニール騎士団の制服に身を包んだこの色男は、あ……レオの騎士仲間・セイルザだ。

懐かしい仲間の姿に、そうか、ここは騎士団の訓練所——鍛錬中の記憶か……と気付く。

激しい鍔(つば)競(ぜ)り合いの末、セイルザの剣をはねのけたレオは、

「勝負ありだな」

輝く剣の切っ先を、セイルザの美しい喉元へと向ける。

「悪いね、俺ばっかり腕を上げちゃって」

得意になるレオに、「またすぐに追い越すさ」とセイルザ。

「そしたらまた追い抜く」

不敵に笑うレオの背後から、

「隙あり！」

ハスキーな女性の声とともに、炎をまとった剣が襲い掛かる。

剣を盾に即座に防御するも、荒々しく燃える剣にジリジリと押されてしまう。

荒ぶる剣の主は、きらめく金のショートヘアが凛々しい騎士団長のマチルダ——レオたちの上官だ。長身痩躯で恐ろしいほどの美人だが、性格の方も恐ろしい。

「ほ～ら、どうした、このままだと焼き肉になるぞ？　騎士団の夕飯に珍味でも添える気かぁ？」

嗜虐的な笑みを浮かべ、レオの窮地を楽しむかのようなマチルダ。シャニールの戦姫と恐れられる彼女は、訓練でも容赦ないのだ。

「不意打ち……それも炎を出すなんて反則ですよ、こっちはまだ魔法も使えないのに！」

なんとか剣を払って抗議するレオだが、マチルダの攻撃は止まらない。

「戦場でそんな言い訳が通じるか……！」

団長の証である白いマントをひるがえし、問答無用の猛攻を仕掛けてきた。

ちょっ、待って、これマジで焼き肉になるんじゃねーの――!?

レオの視点で前世を追体験している俊斗は、何もできずにハラハラするばかり。

これはあくまで記憶であって『今』じゃない。わかっちゃいるが、すんげぇ心臓に悪い。

激しく燃える剣にヒヤヒヤしていると、

「お姉様、やりすぎです……!」

愛らしい桃色――長めのボブヘアが可憐な少女が制止する。マチルダの妹、レベッカだ。

「みなさんお疲れのようですし、ひとまず休憩にしましょう?」

レベッカはそう言って、差し入れの入ったカゴを掲げる。

「お前はそうやってすぐにレオを甘やかす。鍛錬の邪魔をするな!」

「でも……焼きたてのパンなんです……」

「ハァァ、それがどうした」

「お姉様の好きな木イチゴのジャムもあるんですよ……?」

「ハァァ、それを早く言わないか!」

厳しい表情が一変、にまにまと崩れそうになる頬を必死にこらえたマチルダは、

「ま、まぁ適度な休息も鍛錬の内だしな。よし、みんな休憩だ!」

光の速さで剣を収め、ルンルンで差し入れを受け取る。

「ふぅ、助かったよレベッカ」

マチルダから解放されたレオが、安堵(あんど)の息をつく。

「お役に立てて何よりです。焼きたてのパン、レオ様も召し上がってくださいね。あ、セイルザ様も。たくさんご用意しましたから、ほら」

レベッカが、レオたちの前にカゴを差し出す。

「ありがとう、もしかして今日もレベッカの手作り？」

カゴからパンを一つ頂戴したレオが、「うまっ」と頬張(ほおば)りながら聞く。

「ええ、お口に合ってよかったです」

「ん……レベッカ、いつもと雰囲気違う？　服装かな……」

とはいえ、白いフリルの映える濃紺のワンピースに黒のタイツ――可愛(かわい)いけれど、どこか控え目な装いは、普段通りのレベッカともいえる。

「髪型だよ、ほら――」

観察眼の鋭いセイルザが、レベッカの髪を飾る黒いリボンを目で指す。

「あのリボンのおかげで、髪に隠れがちだった表情がいつもより出てる」

「言われてみれば、耳もちょっと見えてる！　いいね、よく似合ってるよ」

レオが微笑(ほほえ)みかけると、レベッカの頬がポッと染まった。淡いピンクの髪と瞳も相まって、食べごろに完熟した桃みたいだ。

「こ、この前、レオ様がもっと顔を出すようにご助言くださったので……！　で、でもやっぱりちょっと恥ずかしいですね……」

そういやレベッカって、引っ込み思案なとこあったよな、獰猛な姉とは違って——。

レオの記憶を眺めながら、俊斗はふと思い出す。

レベッカたち姉妹は、上級貴族のムーブオ家出身。男子不在の家を継ぐため、剣術の道に進んだマチルダは騎士団長にまで上り詰める勇ましさだったけど、レベッカの方は箱入りのお嬢様って感じで、マチルダの陰でもじもじしてたっけ。

けどすごくイイ子だったよなぁ。レオは下級貴族のロニアン家出身だから、本来なら彼女と親しくできるような身分じゃないのに、同い年ってこともあって、子どものころから仲良くしてくれたっけ。

いつも騎士団に差し入れにきてくれて、陽だまりみたいな優しさがたまんないって、騎士団員たちの間でもかなりの人気だった。

なのにレベッカは、マチルダの美貌にコンプレックスを感じてたみたいだ。普通に可愛いのに自信なさげで、この日だって——

「私はお姉様みたいな美人ではありませんし、髪の色も野暮ったくて……」

恥じ入るように言ったレベッカは、せっかくのリボンを解いて顔を隠してしまう。

「そんなこと言わないで。レベッカちゃんは綺麗だ、どんな花よりも星よりも——」

そんなキザなセリフを恥ずかしげもなく言ったのはセイルザだ。

そういやセイルザって、甘い言葉で女性を口説きがちだったよなぁ……。

男でもドキッとするほどの美形だからモテてはいたけど、本命には振り向いてもらえないんだって、よくぼやいてたっけ。

「セイルザが言うと嘘くさいけど、レベッカにはレベッカだけの良さがあるしな」

セイルザに続いて、レオも優しく呼びかける。

「むしろ団長に似なくて良かったよ。あんな人の形した魔神みたいな……」

「――誰が人の形をした魔神だって？」

背後から鋭いハスキーボイスが響いた。

「お前はよっぽど焼き肉になりたいらしいなぁ」

振り向くと、まさしく魔神の形相をしたマチルダが炎の剣を構えていた。

「ち、違うんです、今のは言葉の綾で……うわぁぁぁぁぁっ……！」

レオが断末魔の叫びを上げた瞬間――え、今……!?

青い蝶の群れと純白の花びらが、ぶわぁぁっと『俊斗』の視界を阻んで、美しくも恐ろしい魔神の姿が、急に遠のいていった。

ハッと気付いたときには、薄暗いフェンシングマスクの中だった。

そうか、誠司との試合中にフラッシュバックが起きて……って解放されんのはフィオナに関する記憶だけじゃないのかよ！

騎士団での訓練風景じゃ、敵国のフィオナは爪の先すら出てこねぇ……！

「隙あり！」

拍子抜けしていると、誠司の剣先が迫ってきた。

マチルダ団長には敵わなかったけど、相手が誠司なら楽勝だ……！

華麗にかわした俊斗は、誠司の胸を狙って一閃——

「もらった——！」

勢いよく剣を振り下ろすが、あれ……？

俊斗の剣先を誠司は自らの剣——その鍔でふにゃりとそらし、そのまま一歩踏み込んで
——

トンッ！　俊斗の左腕を突いた。

え……もしかしてこれで一点？　俺の負け!?

つーか防具してても普通に痛いんだが……！

「得点！　残念ながらお兄ちゃんの勝ち～！」

恵令奈が誠司のいる側の手を挙げた。わぁぁっと騒がしいほどに体育館を包んだのは、

マネージャーたちの黄色い歓声だ。

「お疲れ」

　フェンシングマスクを外した誠司が、俊斗のそばまで来て握手を求める。

　額に汗を輝かせ、「良い試合だったね」なんて優雅に笑ってるけどさぁ……。

「初心者相手に本気出すとかヒドくね？」

「本気で来いって言ったのは俊斗でしょ。初心者にしては動けてたよ。むしろ動きすぎて基本場外っていうか」

　クスリと笑った誠司が、ピストの外の恵令奈を見やる。

「今日の審判、俊斗に甘かったみたいだ」

「マジか……。攻撃よけるのに夢中で、場外なんて概念一ミリもなかったわ」

　しかも恵令奈ちゃんに場外見逃してもらってたとか、カッコ悪すぎねぇ？

「ルールはさ、おいおい覚えるとして、やっぱ入部しない？　俊斗とならサーブルの団体戦イケると思うんだよね」

　再び勧誘スイッチが入った誠司が、フェンシングマスクの中から入部届を出してくる。

　つーか、そんなトコに忍ばせとくなよ……！

「悪いけど、帰るわ。フェンシング、思ってたのと違うっていうか……」

　記憶は解放されたのに、フィオナに関する手掛かりはゼロ。あっさり負けたせいで、恵令奈ちゃんにイイとこも見せらんなかったしなぁ……。

デジャブなイチャコラ作戦は失敗。砕け散った名案に、俊斗はガクリと肩を落とした。

「せーんぱいっ、どうして急にフェンシングしようと思ったんですか？」

体育館を出た俊斗の後ろを、恵令奈がトコトコついてくる。

「や、それはなんつーか……」

本物のフィオナを見極めるため、とは言えないしなぁ……。

「ふふ。前世じゃ騎士だったわけだし、現世でもフェンシングくらい楽勝じゃね？　とか思っちゃったんでしょう」

ううむ、当たらずといえども遠からず。

「ま、まぁそんなとこ。けどフェンシングの剣って、前世のとはずいぶん違うのな。上手く扱えずに負けちまった」

「あれあれ～、剣だけの違いですかねぇ」

いたずらっぽく目を細めた恵令奈が、俊斗の胸に触れ、さわさわと筋肉チェックを始める。

「やっぱりぃ。レオ様はもっと胸板厚かったですよ？　あ、腹筋も割れてなーい！　先輩、現世じゃ鍛錬が足りてないみたいですねぇ」

「ちょっ、くすぐったいって、触りすぎ……！　現世じゃ平和に高校生してたんだ、騎士時代に比べたら貧弱にもなるっての」

つーかさ、それを言うなら——。

俊斗はつい、恵令奈の慎ましやかな胸に視線を送ってしまう。

やっぱ髪色と胸だけはフィオナと違うよなぁ……。や、もちろん、それはそれでいいんだけど……ってやべぇ。

「先輩ってばひどーい！　これでも私、先輩と違って日々鍛錬してきたんですよ？　バストアップに効く体操とか食べ物とか、毎日取り入れてきたのにぃ〜！」

視線を感じた恵令奈が、ぷぅっと頬を膨らませる。

「ご、ごめんっ！　なんていうか、つい……」

「先輩、悪いと思ってるなら揉んでください」

むっすぅと不満たっぷりの恵令奈は、だがささやかな胸を張った。

「も、揉むってまさか……」

「友達が言ってたんです、好きな人に揉んでもらうのが一番の育乳だって」

「なんつーアドバイスしてんだよ、その友達！　ダメだって、清らかな聖女がそんなハレンチなこと……」

「もう聖女じゃないもん、先輩だけの恵令奈です♡」

「や、それにしたって……」

「どうしてダメなんです？　まさか先輩、私の他に揉みたい相手が――？」

マズい、恵令奈ちゃんの瞳が病みを帯びてきた。

「そういえば昨日の転校生、先輩好みの大きさでしたよね。ひょっとして、もう揉み済みだったり――？」

「恵令奈ちゃんってば俺を何だと思ってんの！　普通に考えてそんなわけ……って痛っ！」

彼女をなだめようと伸ばした腕が、ズキリと痛む。

先ほどの試合で、誠司に突かれた箇所だ。

「大丈夫ですか？　もしかしたら打ち身っぽくなってるのかも……」

いつものトーンに戻った恵令奈が、「あそこで手当てしましょ！」と渡り廊下の向こうに見える、中庭のベンチを指差す。

「や、そこまでするほどじゃ……」

「ダメですよ、先輩に何かあったら嫌ですもん」

心配性の恵令奈に引っ張られ、急きょ中庭のベンチで休むことに。

「突かれたとこ、ちょっと腫れちゃってますね。とりあえず冷やしてみましょっか」

恵令奈はそう言うと、すぐそばの水道でハンカチを濡らしてくる。ひよこのゆるキャラがプリントされた、愛らしいハンカチだ。

「こんな可愛(かわい)いの、大した怪我(けが)でもないのに使っちゃって悪いな」

「先輩に巻かれるんですよ？　ハンカチも本望ですって。本当なら私が巻き付きたいくらいなのに」

クスリと笑って隣に座った恵令奈(えれな)が、俊斗(しゅんと)の腫れた腕にハンカチを巻いていく。

「ありがとな、ヒヤッとして気持ちいいよ」

「ふふ。もし痕が残ったら、先輩のこと、責任取ってお婿(むこ)さんにもらいますね。もし残らなくても、お婿にしちゃいますけど♡」

「ったく、そりゃどういう理屈だ？　そもそも責任取らなきゃいけないのは誠司(せいじ)じゃ……って取られたくねぇぇ～！」

うっかり誠司に娶(めと)られる姿を想像して、地味にダメージを受ける。

「これ、軽く結んじゃいますね。キツかったら言ってください」

ハンカチを巻き終えた恵令奈が、その端をキュッと結んだ。瞬間——

ぶわり。純白の花びらが舞って、青い蝶(ちょう)の群れが美しく羽ばたく。

全くの予想外……だけど——

——カチャリ。

記憶の解放が起きたらしい。意識が前世へと引き込まれていくのを感じた。

気がつくと、鬱蒼とした森の中にいた。

ここは確か……コアレーテスの森か――？

見覚えのある光景に、やっぱり前世の記憶がアンロックされて――と状況を理解する。

それにしても、『レオ』から見える景色がいつもと違うような？　なんか視界が低いっていうか……。

そのとき、森の奥で悲鳴がした。

レオが助けに向かうと、年の頃は一二くらいだろうか、まだあどけなさの残る少女がいた。

狼に似た魔獣の群れに囲まれ、一人震えている。

「なんでこんなところに女の子が……」

レオは戸惑っているが、『俊斗』は彼女を知っている。

月光を思わせる白銀の髪に、青く澄んだ湖の瞳。シミ一つない滑らかな肌は雪のように美しく、その人間離れした美貌を際立たせている。

白い聖女のワンピースに身を包んだ彼女はそう――まだ子どものころのフィオナだ。

そっか、これはレオがフィオナに初めて会ったときの記憶――だからレオもまだ小さくて、視界が低めなのか……。

このときって確かコアレーテスに剣術修行に来てて、それで偶然フィオナを助けた……んだっけ――？

おぼろげな記憶を裏付けるように、

「危ない……！」

剣を抜いたレオが、フィオナに迫る魔獣を次々に倒していく。

「怪我はない？」

魔獣をすっかり仕留めたレオが、優しく語りかける。

「このあたりは魔獣が多いんだ。危険だから安全な場所まで案内するよ」

「――誰が助けてって言ったのよ」

「え……」

礼を言うどころか、キッと鋭い目を向けるフィオナにレオが戸惑う。

「め、迷惑だったかな……？」

「そうよ、大迷惑！　私は聖女見習いで自己治癒力が高いの。魔獣に襲われたって平気なんだから、ほっといてほしかったわ……！」

うわー、なんか清々しいほどツンツンしてる！

今見るとすげぇ新鮮だけど、初めて会ったときのフィオナって警戒心の強い野良猫って感じだったかも……と思い出す。

なんでも、ランブレジェ軍では聖女も便利な道具同然。当時まだ見習いだったフィオナは充分な力もなく、不当で酷い扱いを受けてたんだとか。

そのせいか人間不信に陥ってて、しかもこの日は軍から逃げ出してきてたはず……。

おぼろげな記憶のピースを繋ぎ合わせていると――

「きゃぁぁぁ」

フィオナが金切り声を上げた。倒し損ねていた魔獣が襲ってきたのだ。

鋭い牙を剥いた魔獣が、フィオナに飛び掛かって――

「っあぁっ……！」

腕を噛まれたのはレオだった。自らの体を盾に、フィオナをかばったのだ。

激しい痛みによろけながらも、怯まず剣を抜いたレオは魔獣を見事撃退する。が、噛まれた傷は重く、その場に倒れ込んでしまう。

「どうして私を助けたりしたの！　私なら平気だって言ったのに……！」

信じられないと首を振ったフィオナが、悲鳴にも似た声を上げる。

「怒らないでよ……。いくら治癒力が高くたって……傷付けば誰だって痛いだろ……？

君に怪我がなくてよかった……」

優しく応えるレオだったが、大きく噛まれた傷から魔獣の呪いがどんどん広がっていく。

「そんな……。こんなに強い呪い、私じゃ解けないわ……」

レオのそばにガクリと膝をついたフィオナが、大粒の涙を浮かべる。

「私は見習いの中でも一番出来が悪いの……。人を癒す力なんて……まだ……」

無力感に肩を震わせたフィオナは、だがこのままではレオの命が危ないと、傷口に両手を翳し、慣れない治癒魔法を展開する。

「お願いよ、どうか助かって……！」

フィオナの手から放たれた、今にも消えそうなほどかすかな光は、

「神様、どんな犠牲でも払いますからお願いです、どうか彼を助けて――！」

突如激しく輝き、呪いに蝕まれたレオの体を浄化していく。

「――あれ……どこも痛くない……」

痛みから解放されたレオが、不思議そうに体を起こす。

「君が助けてくれたの？　驚いたな、聖女の神聖力ってこんなにすごいんだ」

「何をのんきな！　私は見習いだし、今のはまぐれよ。あなたはたまたま命拾いしただけ！」

厳しい口調で捲し立てたフィオナは、だがワンピースの裾を破ると、わずかに傷の残る

レオの腕に、包帯代わりに巻いていく。
「一応止血よ。呪いの類いはもう感じないし、じきに治るでしょ」
ぶっきらぼうな物言いで、キュッと布を引き結ぶフィオナ。
だが、その白雪の頬にキラリ――宝石のような雫がこぼれた。
「よかった……あなたが無事で本当によかった――」
安堵の涙とともに、フィオナが初めて笑った。
固く閉じていたつぼみがゆっくり開くような、柔らかな笑みだ。
澄んだ瞳の奥には、七色の虹が見えて――
あまりにも美しい微笑みに、ドクン――。
胸が高鳴ったのは、レオの記憶か、それとも俊斗自身か――。
神々しいとすら感じるその笑みを、もう少し見ていたかったけど――
――ふわり。
純白の花びらと青い蝶たちが優しく舞って、名残惜しい記憶が遠のいていった。

「――先輩？　どうかしました……？」

心配そうに顔を覗き込んだのは、フィオナ――に瓜二つの恵令奈だ。

銀よりも眩いプラチナブロンド。陽光を思わせる彼女の髪に、記憶の世界から戻ってきたのだと気付く。

そっか、俺たち中庭のベンチにいたんだっけ……。

ふと腕を見れば、巻かれているのはワンピースを破った白い布ではなく、ひよこのゆるキャラが可愛いハンカチだ。

なるほど、傷の手当てがデジャブを呼んだのか……。

「ありがとな、前世に続いて現世まで――」

「前世に続いて……？」

「や、ふと思い出してさ。前世の――それもまだ子どものころ、コアレーテスで魔獣に噛まれた俺を手当てしてくれたろ？」

「コアレーテス？　ああ、あのときの――」

思い出した恵令奈が、ふふっと懐かしそうに続ける。

「レオ様、剣術修行に来てたんですよね。そこで私たちは出会った――」

「あのころのフィオナ、すんげぇツンツンしてたけどな」

記憶を見てきたばっかかだから、なんかジワジワくる。

「ずいぶん丸くなったじゃん？」

「んもぉ、そんな昔のこと掘り返さないでください～！」

むすっと頬を膨らませる彼女に、改めて思う。

「やっぱ恵令奈ちゃんがフィオナだよなぁ……」

「どうしたんですか、急に。あ……もしかして――」

何かに思い至ったらしい恵令奈が、

「せ、先輩……その……は、はぐくんでみます……？」

恥ずかしそうに俯きながらも、その控えめな胸を俊斗へと向ける。

「ちょっ、まさかまた揉んでくれって話!? ていうか恵令奈ちゃん、顔真っ赤じゃん！」

照れが極まってるのか、工事現場の振動かってほど震えてるし……！

「だってぇ……。先輩、私がフィオナだって実感持てないみたいだし、それって私が前世より残念だからなのかなーって……」

よほど気にしているらしい。己の小さな膨らみに視線を落とした恵令奈が、しょぼんと肩を落とした。

「そんなことないって、俺よかよっぽど大きいし？」

「そんなのフォローになってないですぅ～」

むぅ、と唇を曲げた恵令奈が、「先輩っ……！」と勢いよく俊斗に向き直る。

「豊胸手術とかはさすがにムリですけど、直してほしいとこあったらなんでも言ってください！　私、先輩好みになりたいんです。前世と趣味が変わってるなら、現世に合わせます し……！」

「それってさ、どんなことでも？」

「はいっ！　髪型も服装も、全部先輩のお好みで♡」

まさに即答。まっすぐすぎるほどの眼差し(まなざし)が、俊斗をとらえる。

「じゃあさ、俺に合わせるとかそーゆーのナシで。恵令奈ちゃんは、恵令奈ちゃんだから いいんじゃん。無理にどっか変える必要ないし、今のまま自信満々でいてよ。ぶっちゃけ 俺、女の子の胸はサイズ問わず好きだし……！」

……って、何を堂々と宣言してんだよ！

自分でも苦笑してしまうが、「先輩……」とかすかな声を漏らした恵令奈は、

「ああ好き♡　ほんと好き♡　前世から好き♡　来世でもずっとずっと好き〜〜〜っ♡」

ガバッと勢いよく抱きついてきた。

ベンチに座ったままで、突然のハグ。

胸にぴたりと頬を寄せられたりしたら、ドキッとしない方が嘘(うそ)だろ？

なのにさぁ――

「先輩の鼓動、すごくドキドキしてる」「そ、そりゃあまぁ、それなりに……？」なんて、妙な
わざわざ口にするもんだから、

返しをしてしまう。

けど、前世を見てきたばかりだからか——？

恵令奈(えれな)ちゃんのこと、ただの『妹』じゃなく、恋人(フィオナ)として見られるような？

それに、前世で初めて会った日の記憶だって共有できてるんだ。

こりゃもう確定だって。

間違いない、恵令奈ちゃんがフィオナだ——。

『正解』を導き出せたことにほっとする一方で、彼女に抱きつかれっぱなしの状況が無性に照れくさい。

とはいえ、こっちから振りほどくのも悪いよなぁ……。

対処に困って、当たり障(さわ)りのない話に逃げ込む。

「な、なんか懐かしいよな。さっきもさ、みんなのこと思い出して……」

「みんなって……前世のこと何か思い出したんですか？」

俊斗(しゅんと)からスッと体を離した恵令奈が、その大きな目を瞠(みは)る。

「実はさっき、騎士団での訓練を思い出してさ」

「訓練……他には？　何か大切なことを思い出したりは……」

「や、特には……」

フィオナに関する情報はゼロ。だからこそ拍子抜けしたっていうか……。

「そう……ですか……」

どこか複雑な表情を浮かべた恵令奈が、寂しげに視線を落とした。

「もしかして俺、何か大切なこと忘れてる……？」

けどマジで訓練の記憶しか解放されなかったんだよなぁ。俺的にはセイルザたちのことも懐かしくはあるけど、フィオナからしたら敵側の騎士団。それを楽しげに思い出されてもって感じか……。

「ごめんな、恵令奈ちゃんが期待するようなこと思い出せなくて……」

「いいんです、大事なのは『今』ですもん。前世のことなんて今さら……」

「けど前世では大切なことだったんだろ？　俺、ちゃんと思い出すよ。時間はかかるかもしれないけど……」

「先輩……」

淡いブルーの瞳が、陽を受けた水面のようにキラキラと輝く。

「嬉しいです、そんな風に言ってくれて」

「実はさっきも試してたんだ、前世っぽいことしたら何か思い出せるかもって」

「それって、前世の記憶を取り戻すためにフェンシングを……？」

どうしたんだろう。彼女の柔らかな頬が、急に強張る。

「そこまでするなんて、前世で何か引っかかることでも？」

「うーん、忘れっぱなしは気持ちが悪いっていうか、いろいろ気になるじゃん？」

ミリュビルとの契約抜きにしても、それは確かな本音だ。

当然っちゃ当然だけど、前世の俺たちって、もう死んでるんだもんなぁ……。

レオやフィオナ、それにセイルザたちの晩年だって、どんな風だったか覚えてないから知りたいって思いは強い。

みんな天寿を全うできたのか、それとも――。

つーかシャニール騎士団って勝ったの負けたの、戦争って終わったの？

今さら心配してもどうにもなんねーけど、やっぱ気にはなっちまう。

とはいえ、それこそ敵側のフィオナには聞きづらい話題だよなぁ……。

「前世のことなんて、無理に思い出すことないと思います」

乙女心って難しい。さっきは俺が何か思い出すのを期待してたくせに、今度は無理に思い出すなとか、いったいどんなロジックだ？　ああ、でも――。

前も恵令奈ちゃん、前世の『結末』については話したがらなかったし、自然に思い出すのはいいけど、トラウマ級の悲恋をわざわざ掘り起こすなってことか……。

「今の私に大事なのは現世――先輩と一緒にいられる『今』が幸せなんです。先輩はそうじゃないんですか？」

どこか拗ねたような瞳が、俊斗を不安げに見上げる。

「もしかして、前世にこだわる理由が？　私の他に気になる人がいるとか……」

やっぱ気にするとこそこなんだ？

恵令奈ちゃんって、ほんとやきもち焼きだよな……。

「心配しなくても、俺にはフィオナだけだよ。ただ、俺たち結ばれないにしても、それぞれちゃんと幸せになれたのかなーとか、そーゆーのが気になっただけ！」

また病み闇モードになられても大変だ。わざと明るく誤魔化す。と——

「——そういや、フィオナには仮面交流会でも助けてもらったよな。あのころはもう、フィオナも一人前の聖女になってて……」

アンロックされた記憶に刺激されたのか——？

フィオナとの思い出が、不意に溢れ出した。

そうだ——コアレーテスの森で初めて会った俺たちは、互いの素性を明かすことなく離れ離れになった。フィオナはあのあとすぐに、軍の追っ手に連れ戻されてしまったから。

俺たちが再会したのは、それから三年後——コアレーテスで行われた仮面交流会でのことだ。交流会には各国の若者たちが集っていて、そこにフィオナの姿もあった。

白銀の髪に、白雪のような肌。澄んだ湖の瞳には、虹の輝きが見えて——。

大人っぽく成長した彼女があのときの少女だと、仮面越しでもすぐに気付いた。

初めて会ったあの日、一筋の涙を流して微笑んだ彼女に、すっかり心を奪われていたから。

　コアレーテスでなら彼女に再会できるかもしれない。密かにそう期待していたから――。

「俺あのとき、フィオナに贈ろうって花を摘みに行ったんだよな。立ち入り禁止の山奥に、世にも綺麗な花があるって聞いて……」

「立ち入り禁止なのにどうして行っちゃうかなぁ。そのせいでレオ様、あの日も生死の境をさまよったんですよね」

　当時を思い出した恵令奈が、んもぅ、と困ったように笑った。

「交流会中にどうにかフィオナの気を引きたいって、その一心だったんだよ、他にプレゼントできるものもなかったし。それがまさかあんなことになるなんて……」

「ほんとびっくりですよね、また魔獣に襲われちゃうなんて」

「え……？」

「あれ……違いましたっけ？　山奥で魔獣に呪いをかけられて、それで危篤状態になったんじゃ……」

「違うよ、そうじゃない……」

　ありえない間違いに、胸の奥がヒュッと凍える。

　あの日、俺は確かに危篤状態になった。けどそれは魔獣のせいじゃない。

　ビトゲムの花畑に足を踏み入れたからだ。

「覚えてないの？　ビトゲムの花のこと……」

「えっと……山奥に咲いてた珍しい花……でしたっけ？　綺麗でしたよね、とても」

そう、ビトゲムは確かに綺麗だ、純白の清らかな花を咲かせる。

花びらの先がフリルみたいに愛らしくて、見る者の心を一目で奪ってしまうほどだけど――。

「ビトゲムってさ、死の霧を撒く毒花なんだ。俺が倒れたのも、ビトゲムの毒を吸ったからなんだけど……」

交流会で俺の不在に気付いたフィオナが助けにきてくれて、それで一命をとりとめたのに――。

「ええと……やだ、言われてみればそうでしたね！　でもまさか、あんなに綺麗な花に毒があるなんて驚きですよねぇー」

「そう……だな……」

答えながら、猛烈な違和感を覚える。

俺だって、前世のことは思い出せないことばかりで、だから恵令奈ちゃんの記憶がおぼろげでも責められはしない。だけど――

よりによって、ビトゲムの花を忘れるなんて――。

そもそも、ビトゲムについてはフィオナの方が詳しかったんだ。

猛毒を放つビトゲムは、だけど使いようによっては薬草にもなる。だから聖女が治療の補助に扱うこともあると、あの日意識を取り戻した俺に教えてくれたのはフィオナだ。

ビトゲムは毒に倒れた獲物を養分に成長する——なんてホラーなことまで明かして、

『そもそもどうして立ち入り禁止区域に入ったりしたのよ、あなたバカなの？　ほんとも
う、昔から無茶ばっかり……！』

とかツンツンお説教もしてきたっけ。

けど、その物言いからフィオナも三年前のことを覚えてるとわかって、しかも俺を想ってくれてたことがわかって、二人の距離は一気に縮んだんだよな。

それなのに——フィオナと恋仲になったきっかけでもあるビトゲムの花を、すっかり忘れてるなんて……。


——恵令奈ちゃんって、本当に『正解』のフィオナなのか……？

もし、もしも恵令奈ちゃんが『偽物』だとしたら——。

恐ろしい仮定に、背筋がゾワリとなる。

「ごめんなさい、実は交流会での記憶が曖昧で……」

「いいんだ、前世なんて遠い昔のこと、覚えてないのが普通だろ？」

優しくフォローする裏で、浮かんだ疑念が消えてくれない。

もし恵令奈ちゃんが『偽物』だとしたら、それってつまり、恵令奈ちゃんは俺に嘘をついてるってことで――。

今までの彼女の発言、どっからどこまでが本当なんだ？

まさか全部、嘘――――？

いや……でも恵令奈ちゃんはフィオナにそっくりで、前世の記憶だって持ってて、なのにビトゲムのことは覚えてなくて――。

恵令奈ちゃんが『偽物』とは言い切れないけど、『本物』だって確信はすっかり崩れ去ってしまった。

ドクドクと、嫌な意味で心臓が騒ぐ。

いったいどんな顔して恵令奈ちゃんのこと見たらいいんだ？

何事もなかったように平静を装っ…………ダメだ。

今は一人になりたい、一度冷静になって考え直したい。

「ごめん……俺、そろそろ帰るわ」

「先輩怒ってます？　恵令奈がお花のこと忘れちゃってたから……」

「そんなんじゃないよ。ただ、さっきのフェンシングで疲れた……つーか実際突かれたし？」

手当てしてもらった腕を大仰に指して、クスリと笑ってみせる。

「じゃ、じゃあ私も一緒に……」

「恵令奈(えれな)ちゃんは部活戻んなきゃだろ？　きっとみんな困ってるよ、ジュリエット不在じゃ練習できないってさ」

「でも……」

「劇、楽しみにしてるよ。じゃ、また明日(あした)な！」

半ば強引に会話を打ち切った俊斗(しゅんと)は、ぎこちない笑みと恵令奈を残し、足早にその場を後にした。

第五章　前世なんて忘れて

翌日、少し早めに登校した俊斗は、自席でスマホを手に苦笑いを浮かべる。

通知画面が、恵令奈からの連絡で埋めつくされていたのだ。

〈先輩、おはようございます♡〉〈先輩？〉〈先輩の恵令奈ちゃんですよ～？〉

〈ひょっとして先輩、昨日のことまだ怒ってます？〉

〈不在着信〉〈不在着信〉

〈先輩、やっぱり怒ってるんでしょう〉

〈やだ、恵令奈のこと嫌いになったりしませんよね？〉

〈悪いとこあったら直しますから！〉〈だからねぇ、私のこと嫌いにならないで～～～！〉

〈不在着信〉〈不在着信〉〈不在着信〉

「なんつーか、朝からすげぇな……」

ビトゲムに関する一件を、まだ気にしているらしい。

昨日の夜も〈お花のこと、忘れちゃっててごめんなさい〉って連絡が来たから、〈怒ってないから気にしないで〉って返したのに……。

仮面交流会でのこと、本当に覚えてないなら仕方ないし？　とはいえ――

――恵令奈ちゃんって、本当にフィオナなのか？

一度芽生えてしまった疑念は、そう簡単には消えてくれない。

何度も謝ってくるのは、フィオナを騙ってたことがバレそうになって焦ってるからなんじゃ……なんて邪推までしてしまう。

彼女が焦ってるのは『本物』のフィオナだからで、誤解されたくないからこそ必死になってるのかもしれないのに――。

そういや昨日、〈怒ってないなら、明日一緒に学校いきましょ♡〉って誘いを断っちゃったんだよなぁ。そのせいで不安が爆発してるとか――？

心が痛んだ俊斗は、廊下に出て恵令奈に電話してみる。うわっ、秒で出た。

「あ、恵令奈ちゃん？　や、ほんと怒ってないし、ちょっと気になることがあって、それで早く学校来たかっただけ！　わかった、明日は一緒に。それじゃ！」

手早く会話を打ち切ったのは、もう一人のフィオナ候補・夜神瑠衣が登校してきたからだ。

漆黒の長い髪に、物憂げなアメジストの瞳。朝から闇夜の気配をまとった彼女からは、やっぱり――懐かしいフィオナの波動がする。

「や、夜神さん、おはよう。昨日休んでたよね、体調はもういいの？」

なるべく自然な感じで呼びかけると、

「おかげさまで」

瑠衣の薄い唇から、低体温な声がこぼれた。

「それにしても陽高君、こんなに朝早くから深める気？」

「深めるって、何を？」

「決まってるじゃない」

ミステリアスな瞳を瞬かせた瑠衣は、表情も変えずに言った。

「私との体の相性」

「だからそれ、普通に『相性』でよくないか？　って、そうだ……！」

一旦自分の席に戻った俊斗は、ノート数冊を手に再び瑠衣の元へ。

「これ、昨日休んでた分のノート。よかったら使って」

「……ありがとう」

わずかに微笑んだ瑠衣が、ノートを受け取る。

これって一応、好感触……？

「一限目古文だから、まずはこれ優先で写しちゃって」

俊斗が指差したノートを「これね」と瑠衣が開く。

「あ、そこのページから。昨日そんな進んでないし、すぐに写せるよ。なんならスマホで撮っちゃっても……」

「──やっぱりいい」

パタッとノートを閉じた瑠衣が、他のノートとまとめて突き返してくる。

「私には必要ない」

「そ、そうなんだ？　でもさ、授業でわかんないとこあったら何でも聞い……」

「悪いけど、そういうの困る。ものすごく」

瑠衣の美しい眉間が、キュッと歪んだ。

「ご、ごめん……」

「いいの、わかってくれれば」

それだけ言うと、瑠衣は自分の席へ向かってしまった。

参ったな、ノートをきっかけに仲良くなる作戦だったのに……。

わざわざ早めに登校したのも、他のみんなに先を越されないためだ。先手必勝のはずが、
あえなく撃沈。俺のノート、何か問題でもあったか──？

突き返されたノートを手に、ハァと肩を落とす。

ひょっとして、ありがた迷惑ってやつ？　夜神さん、頭良さそうだもんなぁ……。

とぼとぼと席に戻って、窓際の瑠衣を見やる。

廊下側の俊斗からは、相変わらず近いようで遠い距離だ。

「夜神さん、前の学校では部活やってた？」「普段テレビとか何見てるの？」「休みの日の過ごし方は？」などなど——。

彼女のそばに集まってきた女子たちがあれこれ質問している。

が、瑠衣はその全てに「特には」で済ませる塩っぷり。ついには窓の外を眺めて黙り込んでしまった。孤立してるっていうか、自ら壁を作ってるような……？

恵令奈ちゃん＝フィオナの確信が揺らいだ今、少しでも多くのヒントが——前世の記憶が必要だってのに、夜神さんが塩すぎてデジャブに持ち込める気がしねぇー！

彼女の様子をじっと見つめていると、

「俊斗はさ、恵令奈と瑠衣のどっちが好きなの？」

いつの間にか背後にいた誠司が耳打ちしてきた。

「ちょわっ、朝からなんだよいきなり……！」

「だって突然フェンシングやりたいってあれ、今思うと恵令奈にイイとこ見せたかったから、としか思えないよ。たった一度の負けでやめちゃうし？」

「う……あれには込み入った事情が……」

「恵令奈は俊斗に夢中すぎるくらいだし、俊斗もついに絆されたのかと思ったら、昨日の今日で今度は瑠衣にご執心って、ちょっと気が多いんじゃない？」

軽蔑を帯びた切れ長の瞳が、俊斗を冷ややかにとらえる。

「そういえば、転校初日にも瑠衣に手を出してたよね。放課後にわざわざ学校案内なんて」

「や、あれこそ事情が……！　なんていうかその、彼女が『他人』とは思えなくて……」

契約の枷が発動しても困る。迷った末にぼやかすと、誠司はクスリと笑った。

「まさか運命感じちゃった？　僕と出会ったときみたいに」

「ちょっ、その話はもういいだろ？」

「ほんとびっくりしたよ。俊斗ってば、初対面の僕を捕まえて『前にどこかで会いましたよね』なんて迫ってくるんだもん」

うわぁ、改めて言われると俺、めちゃめちゃ恥ずかしいやつじゃん！

けど、高校の入学式で誠司を見た瞬間、絶対話しかけなきゃって衝動に駆られたんだよな。

それこそ『他人』とは思えなくて、まだ話もしてないのに、無条件で仲良くなれそうな予感がしたっていうか……。

「男に口説かれるなんて、あれが初めてだよ」

「だからあれはそーゆーんじゃなくて！」

慌てて否定すると、誠司はジトッと目を細める。

「瑠衣とはそーゆーのなんだ？　ウチの妹に色目を使っておきながら、僕を含めて計三股。俊斗ってばやらし〜！」

「別に色目は使ってねぇよ……ってなんで誠司が含まれてんだ!?」

盛大にツッコみつつも、ふと気になる。

「それより、なんで夜神さんのこと名前呼びなの？　出会ったばっかで呼び捨てとか、距離の詰め方エグくね？　イケメン特権？」

「はは、あえて言うなら婚約者特権、かな」

「ん……？　今なんて？」

聞き違いか？　サラッとトンデモねぇこと言われたような……。

だって誠司に婚約者がいるなんて、それも相手があの夜神さんだなんて話、砂粒ほども聞いてないんだが……！

「だから婚約者特権」

あっさり繰り返した誠司は、「あえて話すことでもないかなーと思って」と続ける。

「親同士が古くからの友人でさ、同時期に子どもが生まれたもんだからノリで決めちゃったんだ、将来二人を結婚させようって」

「親が決めた許婚（いいなずけ）ってやつ？　そういうのって、すんげぇ家柄同士の話じゃ……って誠司（せいじ）は結構なお坊ちゃまか」

「はは、瑠衣（るい）も結構なお嬢さまだよ。まぁ親が乗り気なだけで、結婚するつもりはないんだけどね。瑠衣とも昔からギクシャクしてるし……」

「ギクシャクって……？」

「うーん……お互い趣味じゃないってとこかな？　だから普段はほとんど交流なくて」

「けど誠司の好み、黒髪の似合う大和撫子（なでしこ）タイプだろ」

「あれ、そうだっけ？」

他人事（ひとごと）のように返した誠司は、「まぁそれにしたって瑠衣は違うよ」と肩をすくめる。

「彼女、元は金髪ギャルだし」

「ん……？　今なんて？」

今度こそ聞き違いか？　サラッとトンデモねぇこと言われたような……。

「だから瑠衣、元は金髪ギャルだし？」

……って今度も聞き違いじゃねぇぇぇ！

「さすがに冗談……だよな？　全然そうは見えないけど……」

キチッと締められたネクタイに、清く正しい膝丈（ひざたけ）のスカート。前の学校の——名門女子校の制服を美しく着こなした瑠衣は、スッと姿勢良く窓の外を見つめていた。

陰のあるミステリアスな黒髪美人。そんな言葉がしっくりくる彼女は、陽かと聞かれれば間違いなく陰。ギャルとは対極の存在だ。

「まぁ今の姿からは想像できないかもしれないけど——」

言いながらスマホを手にした誠司が、「ほら」と瑠衣のSNSを見せてきた。

そこにアップされていたのは、友達と思しき女の子とのツーショットで——マジか。

瑠衣は確かに金髪だった。ゆるふわに巻かれた髪を高めのサイドテールに結んでいる。

今着てるのと同じ名門校の制服は、だがしかし別モノかってほど着崩してあった。

ブラウスのボタンは胸元が見えそうなほど開いてるし、ネクタイもゆっるゆる。ってか、スカート丈短っ……！

「こりゃギャルだな、紛うことなきギャルだ……」

友達とオソロのポーズで陽気にピースしてるし、流行りのメイクもバッチリ決まってて、信じられないけど本当らしい。夜神さんは元ギャルだ。

「ギャル時代は夜な夜な遊び歩いて、親にもかなり心配かけてたみたい」

「なのに急なイメチェン？」

「それが瑠衣、夜遊びした帰りに事故に遭って、一時は意識不明の重体だったんだ。でも奇跡的に目を覚まして回復。それ以来、真面目路線に心を入れ替えたって話だけど……」

「けど……？　なんだよ浮かない顔で。更生したんなら問題はないんじゃ……」

「それにしたって変わりすぎだよ。外見だけじゃない、性格も話し方も、僕が知ってる瑠衣じゃないみたいだ。事故の後遺症で本調子じゃないのかもしれないけど……」

確かにえらい違いだよな。ギャル時代のことは知らないけど、写真の感じだとかなりフレンドリーに見える。無邪気な笑顔が人懐っこそうだし……。

事故以来やってないのか、SNSは二ヵ月ほど前の更新で止まっていた。

もしこのころに会ってたら、彼女にフィオナを感じたかな――。

ただの画像だからか？　ギャルな姿からは、フィオナの波動が伝わってこない。民にも人気の聖女さまだ。笑顔だけでいえば、屈託なく笑うこっちの方が『らしい』だろうに……。

「瑠衣は今デリケートな時期なんだ、気があるならあるで誠実に頼むよ？　恵令奈と二股なんて言語道断だからね」

穏やかな表情の誠司だが、その声は至極真剣だった。

「二人を傷付けるようなことがあったら、僕は俊斗を許さない」

名ばかりの婚約者でも、心配ではあるのだろう。恵令奈ちゃんに至っては実の妹だし。

「傷付けるようなことなんかしねーし。ただ……」

夜神さんと恵令奈ちゃん――その両方とイイ感じにデジャブろうとしてんの、事情を知らない誠司からしたら軟派なクソ野郎だよなぁ……。

「なんつーかさ、決して浮ついた気持ちじゃないんだ……けど、どうしても確かめなきゃいけないことがあって……」

「それに瑠衣と恵令奈が関係してて、だから近づきたいってこと？」

「まぁそういうことになるかな……」

「それって、例の声に——白昼夢の彼女に関係してたりする？」

いきなり核心を突かれて、ドキリとなる。

そっか、記憶を取り戻す前、誠司には話してたもんな。

時折フラッシュバックする、少女(フィオナ)の声のこと——。

「まさか、二人のうちのどちらかが、あの女の子——前世の恋人だったり……？」

うぉぉ誠司のやつ、勘が良すぎか……！

「ごめん、詳しいことは言えないけど、間違えると大変なことになるんだ——」

契約の枷(かせ)が邪魔しなくたって、サラッと言えるようなことじゃないよな。

俺が『答え』を間違えたら『本物』の——夜神さんか恵令奈ちゃん、どちらかの命が危ないなんて……。

「そっか。でもさ、僕にできることがあればいつでも相談して？　絶対に力を貸すから」

「誠司……。俺、入学式で声かけてほんと良かったよ……」

男の友情にジンときていると、

「お礼なら入部でいいよ？　なんなら先払いで入ってくれてもいいし」

どっから出てきたんだ？　入部届が、ずいと眼前に迫ってきた。

つーか、もう名前書いてあるじゃん、油断も隙もねぇ……！

「本気でフェンシングやりたいなら、強豪校入ればよかったのに。誠司の腕なら推薦の話とかあったろ？」

「それがどこも家から遠くてね。僕は甘ったれだから、寮生活はちょっと」

「あー、そういうこと」

大型テレビやら、ゲーミングパソコンやらが揃った誠司の部屋を思い出して納得。

「あんだけ快適な家から出るのはダルいよなぁ」

「はは、そーゆーこと」

誠司はそう言って、困ったように笑った。

その笑顔はなぜだろう、どこか悲しげに見えた。

放課後、クラスのみんなが帰宅した後も、瑠衣は教室に残っていた。

偶然を装って声をかけてみようか。

夜神さんも今帰り？　じゃあ途中まで一緒に——ってな感じで。

思いついた俊斗は、自席で彼女が帰るタイミングを窺う。

恵令奈ちゃんは部活だから鉢合わせの心配はナシ。今が絶好のチャンスだ――！

はやる気持ちで待つが、彼女は席に座ったまま、授業用のタブレットを見つめている。

黒髪をさらりと耳に掛け、凛と涼しげに勉強中といったところか。

ギャルから真面目路線に切り替えたって話だし、学校で自習してくのかな……。

「夜神さん、まだ帰らないの？」

待ちきれずに瑠衣の席へと向かった俊斗は、え――？

思わず目を瞠る。

近くで見ると瑠衣は涙目。しかも静かにテンパっていたのだ。

これってどういう状況？　泣きたくなるほどの難問に手こずってるとか……？

タブレットを覗くと、なんだ授業の課題じゃん。今日中に提出しなきゃいけないやつだけど、泣くほどの難問じゃない。パッと見、解き終わってるみたいだけど――

「もしかして、課題の送信方法がわかんないとか……？」

じわぁぁぁっ。いっそう涙目になった瑠衣は、だがキリリと胸を張った。

「ふふ、そう見えるのなら、そうなんでしょうね」

ず、図星なのに塩対応!?

この様子じゃ、また余計なお世話だって嫌がられそうだけど――

「ここをタッチして提出ボックスにスライドすれば――ほら、これで送信完了」

タブレットを操作し、彼女の課題を提出する。操作っていっても、特に難しい作業じゃないけど……。

「あ、ありがとう――」

心底安堵したように胸を押さえた瑠衣が、潤んだ瞳で続ける。

「何度試しても上手くいかなくて、もう一生提出できないかと思った……。課題出さなきゃ帰れないし、今日は泊まりも覚悟していたわ」

「そ、そこまで!? てか、前の学校じゃタブレット学習とかなかったの?」

「学校……行ってなかったから」

あー、ギャル時代は授業サボってたクチか……。けどスマホユーザー、それも元ギャルなら直感的に操作できそうなもんだけどなぁ。

「つーか、困ってたなら早く聞いてよ」

「いやよ……」

ばつの悪そうな瑠衣が、伏し目がちに薄い唇を震わせる。

「だって……ダメすぎるとこ見られるの恥ずかしい……」

本人は至って真剣なんだろうが、意外すぎる反応がごめん、すんげぇ可愛い。

――と、彼女の机にある小テストが目に入った。さっき数学の授業で返ってきたやつだ。

特に復習してない俺でも楽勝だったのに、彼女の答案は驚きの白さで、先生の赤が映える映える。

「こ、こんなにわからないとは思わなかったのよ、自分でもびっくりよ！」

視線に気付いた瑠衣が、ぷるぷると恥ずかしそうに震える。

「確かこれ、一昨日(おととい)のテストだろ？　夜神(やがみ)さん転校初日だったし、無理もないよ。前の学校じゃやってない範囲かもだし？」

「こっ、こっちも見て！　ちゃんと正解してるから……！」

顔を真っ赤にした瑠衣が、国語の小テストを差し出す。

どれどれ。受け取った瞬間――ぶわり。

白い花びらが宙を舞って、青い蝶(ちょう)の群れが羽ばたく。

や、さすがにこのタイミングはおかしいだろ……。

困惑しかないが――

――カチャリ。

記憶の解放が起きて、意識が前世へと引き込まれていった。

——なんだよ、これ……。

困惑とともに前世の記憶に飛ばされたが、ここでも困惑しかない。

だって視界が不鮮明で、しかも白黒。フィルムが劣化した古い映画みたいだ。

ぷつぷつと、時折ノイズまで入ってくる。

今までに解放された記憶は、現実と同じくらいリアルだったのに……。

だけどあぁ——モノクロでも美しいフィオナがレオを見つめている。

どことなくツンツンみが残るあの表情、仮面交流会での記憶か？

「……………でしょう？　……だし、その…………………あなたが行きたいっていうなら……」

フィオナが何か言っているが、音飛びが激しくてよく聞こえない。

だけど会話が不明瞭なのは、音飛びのせいだけじゃないらしい。

「ええと……ごめん、それってどういう……」

フィオナの意図を汲み取り損ねたレオが聞き返す。と——

「だっ、だからこれっ……！　これを見なさいよっ！」

モノクロでもわかるほど赤面したフィオナが、何やら差し出す。

お芝居の宣伝だ。東方の著名な劇団が、コアレーテスにやって来るという。

「フィオナ、これが見たいの？」

受け取ったレオが聞くと、ますます赤くなったフィオナが腰に手を当てて言った。

「あ、あなたがどうしても見たいっていうなら、付き合ってあげないこともないけど？」

うわー、ツンデレのお手本みてぇな返しだな。

だけど、おかげで思い出した。

仮面交流会が終わった別れ際、ツンツン全開で誘ってくれたんだ。

『演技も脚本も一級と名高い東方の劇団よ。次はいつ来てくれるかもわからないんだし、この機会に見ておくべきだわ！』って——。

記憶のピースを繋ぎ合わせていると——ザザッ。ひときわ大きなノイズが走った。

ザ……ザザッ。モノクロの世界が乱れた瞬間——急なカラフル。

青い蝶の群れと、白い花びらが視界を阻んで、色のない記憶が急に遠のいていった。

なんだ今の……なんかのバグか——？
ずいぶんと変化球な解放——白黒の記憶から戻ってきた俊斗は、呆然と立ち尽くす。
「陽高君？　ほら見て、こっちはちゃんと正解してるんだから」
瑠衣の声でハッと我に返る。

そういや、夜神さんのテスト見てたんだっけ……。

「おお、確かにこっちは正解してるな」

「でしょう?」

瑠衣はどこか誇らしげに胸を張った。

や、あってんの四択問題の一問だけ! 記述式の方は散々だけどな!?

にしても——独特な字だよなぁ。

先生の解説をメモった彼女の字は、お世辞にも綺麗とは言えないものだった。

ひらがなの《ち》が《ち》って土星のマークみたいになってるし、左右反転した鏡文字まであって、『あー、小町が小さいころこんな字書いてたっけ……』と懐かしさすら覚える。

テストの名前欄が《やがみ るい》ってひらがななもんだから、余計に。

そういえば夜神さん、自己紹介のとき先生に名前書いてって頼まれたのに、途中でやめちゃったんだっけ。

「今思うとあれかな? 転校初日に名前書かなかったのって、自分の字をみんなに見られたくなかったから……?」

図星だったらしい。彼女の口がムッとへの字に曲がった。

まぁな、今の雰囲気とはかけ離れた字だし、恥ずかしくなるのもわかるけど——。

「気にすることないって。ギャルってわざと崩した文字書きがちじゃん？　元ギャルならその名残があっても仕方な……」

フォローしたつもりが、ギロリ。鋭い視線が俊斗を射貫いた。

「――誰に聞いたの、私が元ギャルだって」

「ごめん、誠司に聞いて……」

「あのおしゃべり、口止めしておけばよかった」

チッと舌打ちした瑠衣が、不愉快そうに眉を寄せる。

「親同士が決めた婚約者……なんだって？」

「そうみたい」

他人事のように言ってのけた瑠衣は「でも――」と目を細め、艶っぽい流し目をよこす。

「奪ってくれていいのよ、陽高君の本能のままに」

「そうは言われても……。てか夜神さん、元ギャルなのに友達とか作らないの？」

返答に困って話題を変えてみる。彼女がクラスで孤立気味なの、ちょっと気になるし？

だって『元』とはいえギャルだぞ？　ギャルっつったら転校したその日には『アタシたちもう友達だよね？　クラスみんな好きピ～☆』とか騒ぎたいもんじゃねぇの？

なのに急にキャラ変したもんだから、距離感事故って友達作れず――みたいなオチだったりしねぇ？

「もうギャルじゃないし。それに大勢で群れるのって、あんまり好きじゃない」

「そう……なんだ……。でもさ、転校前の友達と連絡取り合ったりはしてんだろ？」

「あんなの友達じゃない」

マジか……。ＳＮＳじゃ友達っぽい子と楽しそうにしてたのに、あれって上辺だけの仲だったってこと？　女子の交友関係、フクザツすぎてわかんねー！

混乱していると、瑠衣はクスリと笑った。

「大勢で群れるのは苦手でも、あなたと二人きりなら歓迎よ。言ったでしょう、陽高君には運命を感じてるの」

基本塩なくせに、またそーゆー思わせぶりなことを……。

「そう思うのってさ、夜神さんがフィオナだからじゃない？　俺の前世の恋人……ってそうだ！　単に覚えてないだけで、これから思い出すって可能性も……！」

俺だって前世のこと、つい最近まで忘れてたわけだし？

一人盛り上がる俊斗に、「さすがにそれは夢見がちすぎるわ」と瑠衣は首を振る。

「前世なんてありえない。一度死んだら魂は終わるの。だからこそ『今』を楽しまなきゃ、でしょう――？」

どこまでも深い紫の瞳が、俊斗をまっすぐにとらえる。

ミステリアスな双眸に引き込まれそうになった、まさにそのとき――

「せーんぱい！」

弾むような声がして振り返る。教室に入ってきたのは恵令奈(えれな)──だってのに、

「フィオナ……！」

思わず呼び間違えてしまった。

無理もない。彼女が着ているのは白くふんわりとしたロングドレス──前世のフィオナを思わせるものだったから。

ハーフアップに結われた髪には、例の月の髪飾りが輝いている。

「ふふ、びっくりしました？　これ、ジュリエットの衣装なんです」

ドレスの裾(すそ)をつまんだ恵令奈が、優雅に一回転。「前世っぽくアレンジしちゃった」と小首をかしげる。

「今日仕上がったばかりなんですけど、先輩に見せたくなっちゃって。まだ教室に残っててよかったぁ」

「そうだったんだ……似合ってるよ、すごく──」

これはお世辞じゃなくてガチ。フィオナそっくりな恵令奈ちゃんが、フィオナみたいな格好してんだもん、似合わない方がおかしい。

「ほんとですか、嬉(うれ)しいっ♡」

感激のあまり飛びついてきた恵令奈が、俊斗の耳に口を寄せてボソリ。

「胸はパッドで盛っちゃいました。こっちの方が、より前世っぽいかなーって♡」

おおう、言われてみれば、懐かしい渓谷が胸部に……！

「ふふ、惚れ直しちゃいました？　先輩がしっかり揉んでくれたら、パッドの必要もなくなるんだけどなぁー」

じとーっと恨めしげな視線が、俊斗をとらえる。

ちょわっ、夜神さんもいるのに、なんつー話を！

「ってか、胸のサイズにはこだわんねーっつったじゃん！」

「えー、ほんとかなぁー」

疑わしげに目を細めた恵令奈が、席に座ったままの瑠衣をチラリと一瞥する。

「だったら、あの子と何してたんですか、しかも二人っきりで」

「これはその……今日中に提出しなきゃいけない課題があって、それでちょっと……」

「ふぅーん、課題ねぇ」

しぶしぶ納得した様子の恵令奈は、ふと気付いて俊斗の襟元を目で指す。

「んもぅ、先輩ってば制服のネクタイ曲がってる」

「ああ……まぁもう帰るだけだし……」

「ダメですよ、私にお任せあれ～♡」

俊斗の襟元に手を伸ばした恵令奈。ご丁寧にもネクタイを一旦解くと、可憐な手つきで

結びはじめる。

ていうか、恵令奈ちゃんの顔がめちゃくちゃ近いんだが？　こういうの、なんか新婚さんっぽくて照れるし、俺の顔いま絶対赤くなってるわ、すんげぇ熱い。

「すみません、ウチの先輩ったら、だらしない格好でぇ」

不意に瑠衣を見やった恵令奈が、見せつけるように言った。

ちょっ、なにその正妻ムーブ！　また変に修羅場っちゃうから、そういうのやめよ!?


——ピシリ。


緊張のなか響いたのは、例の奇妙な亀裂音か、はたまた瑠衣のキレる音か——。

内心ヒヤヒヤの俊斗だったが、瑠衣は席に座ったまま沈黙を貫いている。

ただし、眉間にきゅううっと皺を寄せてはいるが……。

反応のない瑠衣に、不戦勝を決め込んだらしい。勝ち誇ったように笑った恵令奈は、綺麗に結び終えたネクタイから手を放すと、

「名残惜しいですけど、部活に戻らなきゃ。先輩、明日は私とのラブラブ登校、絶対絶対絶～対忘れないでくださいねっ♡」

とびきりの投げキッスを飛ばして、教室を後にする。

「なんか嵐みたいだったな……」

けど今日はまさにフィオナって衣装だったし、本物のフィオナがはしゃいでるみたいで不思議な感じがする。

前世じゃ戦争中だったし、フィオナが陽気なのって意外とレアだよなぁ……。

「ねぇ、それ歪(ゆが)んでる」

俊斗の襟(えり)元を、瑠衣が冷ややかに見つめた。

「え……でもさっき恵令奈ちゃんが結び直してくれて……」

「全然だめ、私が直すわ」

立ち上がって、手を伸ばした瑠衣。ご丁寧にもネクタイを一旦解(ほど)くと、美しい手つきで、だがしかし豪快に結びはじめる。

ていうか、夜神(やがみ)さんの圧がめちゃくちゃ強いんだが!? 気迫もだけど、物理的な圧がヤバすぎるし、俺の顔いま赤どころか紫になってるわ、すんげぇ酸欠……!

「ちょ、夜神さん絞まってる！　ネクタイじゃなく俺の首がっ……！」

「あら、ごめんなさい。しっかり結びたくて、つい」

飄々(ひょうひょう)と言ってのけた瑠衣。豪快に結んだネクタイからパッと手を放すと、再び自分の席に座った。

つーか、前よりグチャグチャだし……！

なんで恵令奈ちゃんと張り合うようなことしちゃうかなぁ。この前の屋上のときだってそうだ。いつもは澄ましてるのに、恵令奈ちゃんが関わると妙に好戦的になるんだから……。

ハァと苦笑した俊斗は、さすがにこれはなぁ……と、カオスなネクタイを整える。

「……じゃなかったの」

「え……？」

「フィオナは私じゃなかったの？　さっきまで私がフィオナだって言ってたくせに、あの子にもフィオナだなんて……まさか『フィオナ』って誰にでも使う口説き文句？」

恵令奈を『フィオナ』と呼び違えたことを根に持っているらしい。瑠衣が不機嫌そうに言った。

「それって、やっぱり夜神さんがフィオナってこと？」

「誰もそんなこと言ってない！」

ガタンっ！　勢いよく席を立った瑠衣が、俊斗にまっすぐ向き直る。

「ねぇ、どうしてそこまで前世にこだわるの？」

「それは……」

どう説明すりゃいいんだ？　ミリュビルとの契約のことは言えないし——。

口ごもっていると、瑠衣が無言のまま近づいてきた。

射るような視線。あまりに強い瞳に思わず後ずさる。が——

「わっ……！」

足がもつれた拍子に転んで、尻餅をついてしまう。

いってぇ……。つーか俺、すげぇカッコ悪い……。

転んだまま、気まずさの漬け物状態で固まっていると、

「大丈夫？」

腰をかがめた瑠衣が、クスリ。蠱惑的な笑みで覗き込んできた。

「もっとよく考えて。前世より断然『今』だって、そうは思わない？」

チャリ、と音を立てる銀のブレスレット。瑠衣の美しい手が俊斗の前に差し伸べられる。

私を選んで、とでも誘うようなその手を、

「ごめん……」

俊斗は首を振って辞退する。

「俺にとって、前世はとても大事なことなんだ」

「強情な人ね」

行くあてを失った白い手が、俊斗の髪をそっと梳かすように撫でた。

ゆっくりと頬に下りた、彼女の華奢な右手。

ひやりとした感触は、夏の洞窟みたいに心地よくて——

「仮に前世があったとして、そこでどんな誓いをしていたって、もう全て終わったこと。いいのよ、あなたが気に病む必要なんてない――」

艶っぽい、だけど落ち着いた声が、駄々っ子に言い聞かせるように響く。

「だから、ね？　前世なんて忘れて、私と『今』を生きましょう」

未だ尻餅状態の俊斗に、ずいと顔を寄せる瑠衣。

キスでもされるんじゃってくらいの距離感に、心臓がドクドクとやかましい。

スッと長い睫毛の下で、アメジストの瞳がミステリアスに揺れている。

宇宙の果てを思わせる、妖しくも美しい輝きが、俊斗を強く惹き付けて――

もしフィオナの命がかかってなきゃ、彼女の望むまま頷いてしまう――なんてこともあったのかもしれない。だけど――

「ごめん、俺にはフィオナが一番で、だからもし夜神さんがフィオナじゃないって言うなら俺は……」

「だめよ、あの子だけはやめて」

「あの子って、恵令奈ちゃんのこと……？」

こくり。深く頷いた瑠衣は――まるで予言だ。

「彼女はあなたを不幸にする」

高名な占い師のように忠告する。

「あなたは今、幸せなんでしょう？　だったら彼女だけは絶対にだめ。前世なんて忘れて、もう何も思い出そうとはしないで——」

強く訴えた彼女の唇は、なぜだろう、ひどく震えていた。

ったく、矛盾すぎんだろ……。

外見的には全く似てないのに、前世だって否定してるのに——。

瑠衣から放たれる波動はやはり、どうしようもなくフィオナだ。

聖女には不釣り合いな、物憂げで陰のある瞳には、いったいどうして——。

フィオナ特有の虹がゆらりと浮かんで——まるで声を奪われた人魚姫だ。

言葉にできない何かを、必死に訴えているようにも見える。

「夜神さんは本当に……本当にフィオナじゃないの？」

「しつこい」

艶やかな黒髪が激しく揺れて、彼女の美しい顔が、よりいっそう近づく。

「お願いだから、私と『未来』を生きて——」

不意にしなだれかかってきた瑠衣に——バタン。俊斗は押し倒される形になった。

柔らかな感触——彼女の重みを全身に感じる。

やたら良い匂いがするし、首筋には彼女の吐息がかかって——ちょっ、さすがにこれ以上はマズいだろ、いくら元ギャルでも展開早すぎだって……！

「夜神(やがみ)……さん……？　その、まずは落ち着いて……？」

精一杯の平静さで呼びかける。が、瑠衣(るい)の反応はない。

人を押し倒しといて塩対応って、どーゆーこと!?

面食らってしまうが、あれ……。

首筋にかかる彼女の息は途切れ途切れで、不規則で……まさか発作で倒れた——？

「や、夜神さん、大丈夫……？」

「ええ……ごめんなさい、ただの眩暈(めまい)よ」

額を押さえた瑠衣が、ゆっくりと体を起こす。

眩暈にしては息が荒く、ただでさえ白い顔が蒼白(そうはく)になっている。

「立てる……？　とりあえず保健室に……」

「それはだめ。親に連絡がいくと……困る……」

「や、むしろ親に連絡して迎えにきてもらった方が……」

「それじゃ……困るの……」

苦しそうに胸を押さえた瑠衣が、息も絶え絶えに続ける。

「ただでさえ負担をかけてるのに……これ以上の迷惑……」

そういや夜神さん、事故で意識不明だったんだっけ。ギャル時代もいろいろあったみたいだし、もう親に余計な心配かけたくないってことか。

「……陽高君も……今日はもう帰って……」

「や、でも保健室に行かない、親も呼ばないじゃ、夜神さんどうやって帰んの。俺でよきゃ家の近くまで……」

「いつもの発作よ、じきに治まるわ……。だから今日はもう……私に構わないで……」

ハァハァとつらそうな呼吸。乱れる息に、瑠衣の細い肩がせわしなく上下する。

この期に及んで塩対応って……そのキャラ変、絶対失敗だろ。ここは素直に『じゃあ近所までよろ～☆』とかギャルピース決めとくとこだっての！

「じきに治まるったって、つらいもんはつらいだろ。体調悪いときくらい、おとなしく甘えとけって。とりあえずはほら、そこに寄りかかった方が楽じゃね？」

俊斗はそう言って、すぐそばの壁を指差す。

「あ、けどちょっと待って――」

カバンから取ってきたタオルを、壁際の床にひらりと敷く。

「これでよし。ふかふかってほどじゃねーけど、直に座るよかマシだろ……って夜神さん!?」

ふと見れば、紫の瞳には大粒の涙が揺れていた。

「ちょっ、泣くほどつらいの？　ならなおさら早く休まなきゃだろ……！」

大慌てで瑠衣に駆け寄った俊斗。ふらつく彼女を支え、壁際へと連れて行く。

「ほら座って。あ、寝てる方が楽なら、タオルを枕代わりに……」

「あなたって人は……」

ちょっ、夜神さん、さっきより涙ぐんでんじゃん！　俺、なんかやらかした――？

「言っとくけど、このタオル綺麗なやつだから！　汗とか染み込んでないから安心して？

それともあれか、水とか飲みたい感じ？　待ってて、すぐに……」

「大丈夫、必要ないわ」

溢れ出る涙を指で拭った瑠衣が、ちょこん――タオルの上に体育座りした。

「……ずるいわ、前世の影を追ってるだけのくせに、私の心はしっかり掴んで――」

「え……それってどういう……」

「ねぇ、そうやって真ん前に立ってられるの、圧迫感があって怖いのだけど」

「あ、ごめん。じゃあ――」

隣に座ったら、それはそれで怒られないか？

内心ドキドキとしながら、彼女の隣に胡座をかく。と――

ぽすん。

俊斗の肩に、瑠衣が寄りかかってきた。

予期せぬ事態に、体がビクリとなる。

「なによ、いけなかった？」

「や、いけなくはないけど……」

「あなたが言ったのよ、おとなしく甘えろって」

「お、おうよ、どんとこい！　肩でも肘（ひじ）でも好きなだけ貸してやらぁ」

なんだか照れくさくなって、謎の大口を叩（たた）いてしまう。

「肩と肘……。膝（ひざ）は貸してくれないの？」

そう言った瑠衣（るい）の視線は、俊斗（しゅんと）の胡座（あぐら）に向いていた。

「それって膝枕しろってこと？　ま、まぁ俺でよけりゃ構わねーけど……」

「そう？　じゃあ遠慮なく」

ゆっくりと横たわり、俊斗の膝を枕にする瑠衣。まるんと丸まる姿が猫みたいだ。

「ふふ、すごく落ち着く」

「そりゃよかった。タオルよりゃ硬いけど、床よりは柔らかいだろ？」

軽い冗談で照れを吹き飛ばした俊斗は、

「あのさ、さっきのってどういう意味？　俺が前世の影を追ってるだけって……」

密（ひそ）かに引っかかっていたことを聞いてみる。

「………」

「や、だって前世とか言われたら気になるじゃん、ちょっと意味深だったし？」

「………」

ちょっ、何の応答もなしって、性懲りもなく塩対応!?

呆気にとられていると——

すぅ、すぅ……。

愛らしい寝息が聞こえる。

「……って寝落ち早っ！」

思わずツッコんでしまうが、それだけ疲れてたってことだよな……。

ひとまずは、呼吸が落ち着いたみたいでよかった。

己の膝ですぅすぅと眠る瑠衣。その穏やかな寝息に、俊斗はほっと胸をなで下ろす。

それにしても——だ。

今のこの状況、見方によっちゃ結構なイチャコラじゃないか？

肩を寄せ合ったり、膝枕したり——前世のレオたちなら普通にやってそうだし、そろそろデジャブ発動で記憶の解放が起きるんじゃ……？

例の青い蝶を期待して、そわそわと落ち着かない。

それなのに、いくら待ってもアンロックの兆しがない。

いやいや、思い出すなら絶対今だろ！　恵令奈ちゃんのときは、こういうイイ感じのタイミングでぶわぁぁぁっと来たのに……。

もしかして——夜神さんがフィオナじゃないから、それで記憶の扉が開かないとか？

さっき不意打ちで解放されたのは、白黒でノイズだらけのバグみたいな記憶だし、『本物』と一緒じゃなきゃ、鮮明な記憶は戻らないってことか……。

「なんだ、やっぱり『正解』は恵令奈ちゃんか……」

すっかり拍子抜けする俊斗だったが、

「……ん……うぅ……」

悪い夢でも見ているのだろうか、苦しそうに顔を歪める瑠衣に、たまらなく胸が痛む。

それは『つらそうな女の子を人として見過ごせない』っていうのとはまた違った感情で、

——彼女のそばにいたい。


どこか懐かしく、せつない想いが溢れる。

この感じ、前世でも味わったような——？

わずかな既視感を頼りに、あやふやな記憶を自力でたぐり寄せる。

そうだ、確かあのときも——！

思い出したのは、中立国コアレーテスへの移住計画だ。

まだミリュビルと契約するよりも前、どんどん弱っていくフィオナが心配で帰化を決めたんだ。

シャニールを出て中立国に移れば、ランブレジェのフィオナとも結婚は可能。衰弱していく彼女を、すぐそばで守ってあげられるから――。

だけど未成年じゃ帰化も結婚もできなくて、成人を迎える一八の誕生日をフィオナと心待ちにしてたんだっけ……。

順調に記憶のピースを繋いでいく俊斗だったが、気になるのはフィオナの言葉だ。


『ごめんね、来世では絶対幸せになりましょう……』


あれって、別れの言葉だよな……。

コアレーテスに帰化したなら、別れる必要なんてなかったはずなのに……。

帰化に失敗した？　でもどんな理由で？

ああもう、肝心なとこがわかんねぇ！

思い出せそうで思い出せない前世に、モヤモヤばかりがつのっていく。と――

膝で眠る瑠衣が、「んんっ……」と眉を寄せた。

苦しげに歪んだ薄い唇が、わずかに開いて――

こぼれ出たのは、思いもよらぬ言葉だ。

「レ……オ……」

いったいどうして――。
ありえない寝言に、俊斗は耳を疑う。
『レオ』
言わずもがな、前世での俺の名前だ。
けど――俺がレオだって、夜神さんに話したことあったか？
フィオナの名前は何度も口にしたけど、レオの名前は明かしてないはず。
なのに知ってるってことは――――。
「や、でも早とちりかも。かすかな声だったし、本当にレオって言ったかどうか……」
困惑ばかりの頭を、ぶんぶんと振って落ち着ける。
それなのに――。
前世の夢でも見ているのだろうか。
そしてそれは、どんな悪夢なのか。
「レ……オ……」
消え入るような声で再び、そして確かにつぶやいた瑠衣。
華奢な白い手は、何かに怯えるように震えていた。
冷たく光るハートの南京錠。
銀のブレスレットがチャリ、と悲しげな音を立てる。

オシャレなアクセサリーであるはずのそれは、なぜだろう――
彼女を縛る、重い枷(かせ)にも見えた。

第六章　遠い約束

「夜神さん、確かに言ってたよなぁ……」

夕食後、自室のベッドに寝転んだ俊斗は、天井を見上げてつぶやく。

頭の中でリフレインするのは、例の寝言だ。

俊斗の膝で眠っていた瑠衣はひどくうなされていて、そんな中『レ……オ……』と口にした。それも二回も――。

ペットの名前ってオチだったりして。けどそれにしては苦しそうだったよなぁ。

あれこれ考えていると、枕元のスマホが鳴った。

メッセージの通知だ。確認すると――これって……！

見慣れぬ――だけど見覚えのあるギャルアイコンのユーザー名は《ＲＵＩ》で――

〈陽高君〉

〈自宅まで無事戻れたことを〉

〈ここに報告します〉

ギャルに似合わぬ堅めなメッセージが、微妙な間を空けてポンッ、ポンッと送られてくる。

業務報告めいたそっけない文だが、連絡をくれたことが素直に嬉しい。

というのも教室で寝落ちした瑠衣は、例の寝言からほどなくして目を覚ました。

帰り道でまた発作が起きてもいけない。心配になって『やっぱり家まで送るよ』と申し出た俊斗に、瑠衣は『一人で帰れるから』と頑なに首を振った。

だからメッセージIDを渡しておいたのだ。『じゃあさ、家に着いたら連絡して』と――。

「音沙汰ないから、てっきりスルーされてんのかと思ったけど……」

ポンッと音がして、新たな――だがワンテンポ遅いメッセージが届いた。

〈どうぞご確認くだしい〉

「……って最後誤字ってるし！」

どこかズレた文面と、ギャルピースな自撮りアイコンとの落差に吹き出してしまう。

けどもう夜の八時過ぎだ。こんな時間に帰宅って、途中でまた発作が起きたんじゃ

……？

〈ずいぶん遅かったみたいだけど、何かあった？〉
〈もしかして、家遠かったりする？〉
心配になって尋ねると、ずいぶん淡泊な返事が来た。
〈そう〉
そっか、家が遠いだけならよかっ……
〈でもない〉
って違うのかよ……！
〈帰ってた〉
〈もうとっくに〉
ぽつぽつと無愛想な、そして時差のある返事が飛んでくる。
つまりはメッセージでもブレずに塩対応ってわけだ。
らしいっちゃらしいし、元気ならいいけど……。
クスリと苦笑した俊斗(しゅんと)は、ふと真顔になって送ってみる。
〈やっぱりさ、夜神(やがみ)さんってフィオナだよね……？〉

本当なら、教室ですぐにでも確認したかったことだ。

夜神さん、さっき寝言で『レオ』って言ってたけど、あれってどういうこと——？

その場で聞きたい気持ちしかなかったけど、体調を崩している彼女を問い詰めるような真似はできなかった。

でも、もうすっかり落ち着いてるなら——。

そう思って探りを入れたのに、しばしの間を置いて送られてきたのは、〈早く寝ろし〉というギャルな塩スタンプだった。

や、気になって眠れねーし！

——と、ピロンと音がして、新たなメッセージが届く。

〈お部屋に一人でいたら、先輩の声が聞きたくなっちゃって♡〉

〈先輩、今電話してもいいですか？〉

送り主は恵令奈だった。

瑠衣とは違い、愛らしい自撮りアイコン通りの、愛らしいメッセージ。

こういうとき、普通の恋人なら『ったく困ったやつだな、ちょっとだけだぞ？』とか喜

んで電話するとこなんだろうが、
〈ごめん……今日は疲れてて、早めに休もうかなって〉
と、やんわりお断りを送る。
〈そう……ですか……〉
悲しそうな返信とともに、しょぼんと耳を伏せたハムスターのスタンプが返ってきた。
〈前世でできなかったぶんも、先輩と密な時間を共有したかったんですけど……〉
〈もしかして先輩――やっぱり昨日のこと怒ってます？〉
不安げなメッセージが、例の一件を蒸し返す。
やべぇ、負の無限ループに陥る予感しかねぇ……！
〈だから怒ってないって。それにほら、明日は一緒に登校するんだろ？〉
慌ててフォローすると、
〈はい！　絶対ですよ？　駅で待ってますから♡〉
〈五時間前から待ってます♡〉
既読が付くのとほぼ同時――時差の概念を覆すような即レスが飛んできた。
つか五時間前は早すぎだっつの！

〈そこは五分前集合で何卒！〉

そんな俊斗の返信に〈了解♡〉と恵令奈。ハートを抱えたハムスターが〈大好き♡〉と訴えてくるスタンプがポンポンポン！　感情任せに大量送信される。

天真爛漫っつーの？　恵令奈ちゃんの素直なとこ、普通に可愛いし、前に感じてたような妹感は薄れてきたよなぁ……。

彼女の望むとおり、前世の分まで二人の時間を分かち合えたら――。

そんな気持ちも、なくはないけど――


――恵令奈ちゃんって、本当にフィオナなのか……？

例の疑念が頭をよぎって、どうしても身構えてしまう。
恵令奈ちゃんが嘘をついてるとは思えないし、思いたくもない。だけど――
『レ……オ……』
リフレインする瑠衣の寝言に、考えざるを得なくなる。
夜神さんが『本物』のフィオナなら、恵令奈ちゃんは『偽物』ってことで、
それはつまり、恵令奈ちゃんが俺に嘘をついてるってことで――。
膨らむ疑念のせいで、愛らしいはずのスタンプすら恐ろしく見えてくる。

「恵令奈ちゃんのこと、信じたい気持ちはあるのに……」

枕元にポンッとスマホを投げ出し、天井に向かってため息をこぼす。

「でも待てよ、もし夜神さんが『本物』なら、嘘ついてるのは恵令奈ちゃんに限ったことじゃないよな？」

はたと気付いて困惑する。

だって夜神さん、本当はフィオナなのに『違う』って言い張ってるわけで……。

さっきのメッセージだって、塩スタンプではぐらかしたっきり応答がないし。

偽物なのに本物のフリしてる恵令奈ちゃんと、本物なのに偽物のフリしてる夜神さん。

いったいどうしてそんなことを……？　嘘をつく理由が、全くもって見当たらない。

「普通に考えたら、恵令奈ちゃんが『正解』って方が自然なんだよなぁ。見た目もそっくりだし、ビトゲムの件以外は前世のこと覚えてるわけだし……」

ごろんと寝返った俊斗は、「や、でも夜神さんの波動、それにあの寝言は絶対にフィオナだろ！」と今度は逆側に寝返る。

「あー、けど夜神さんとじゃ記憶が解放されないんだよなぁ。バグみたいなアンロックはあったけど、ノイズだらけでモノクロ。寄り添ったり膝枕しても、恵令奈ちゃんのときみたいに綺麗な解放は起きなかった――」

コアレーテスへの移住計画を思い出したのは、あくまで自力だし……。

となると、やっぱり恵令奈ちゃんがフィオナなのか――？

再び寝返りを打とうとした俊斗は、

「や、でも膝枕なら恵令奈ちゃんともやったことあるよな――？」

ふと思い出して、ガバリと起き上がる。

そうだよ、誠司の部屋に遊びに行ったとき、ソファに座る俺の膝に恵令奈ちゃんが転がってきた。あれだって、立派な膝枕だよな!?

あのときはまだフィオナのこと忘れてたし、無防備すぎる恵令奈ちゃんの挙動にハラハラするだけだったけど――

「前世っぽいイチャコラが記憶の鍵になるなら、なんであのとき何も起きなかったんだ？」

ひょっとして、記憶の解放にはもっと別の要素が必要、とか――？

机に向かった俊斗は、これまでの状況を整理してみる。

「最初に記憶が戻ったのは乞来祭だよな。恵令奈ちゃんと花火を見て、それでフィオナのことを思い出した」

デジャブの要因になったのは《恵令奈ちゃんと花火を見たこと》か？

振り返りながら、記憶の鍵と思しき要素をノートに書き出していく。

そういや、あのときプレゼントしたんだよな、前世で贈ったのとよく似た髪飾り――。

怪しげな老婆っつーかミリュビルが売ってたやつだけど、あれも既視感のもとではあったよなぁ……。

関係ないかもだけど、念のため《月の髪飾り》と書き足す。

「その次に記憶が解放されたのは――それこそミリュビルだ！　黒い石がお守りのペンダントに変わって、あいつの不吉な声で前世の契約を思い出した……」

鍵になったのは《お守りのペンダント》と《ミリュビルの声を聞いたこと》――？

あれ……あのときは恵令奈（えれな）ちゃんいなかったし、彼女の存在が記憶解放の必須条件ってわけじゃないのか……。

気付いて戸惑うも、さらに状況を整理する。

「次に記憶が戻ったのは、フェンシング部を見学したとき。記憶解放の決め手は《フェンシングの剣》？　でも剣を手にしたときは何も起きなかったんだっけ……」

記憶の扉が開いたのは誠司（せいじ）との試合中――え、今!?　ってタイミングだったよな。

あれって結局、何がきっかけだったんだ――？

注意深く振り返ってみると――カンッ！

脳裏に蘇（よみがえ）ったのは、剣のぶつかる金属音で――

「そうか、鍵になったのは《剣を交えたこと》だ――！」

ただ剣を握ってるだけじゃデジャブの欠片（かけら）もなかったのに、誠司の攻撃を防いだ瞬間、騎士団での記憶がアンロックされた。

それってつまり、剣があるだけじゃダメで、剣にまつわる《行動》が必要だったってことだよな？　となると――！

ハッとして、ノートに書き出した要素を見返す。

《月の髪飾り》と《恵令奈ちゃんと花火を見たこと》

《お守りのペンダント》と《ミリュビルの声を聞いたこと》

それから《フェンシングの剣》と《誠司と剣を交えたこと》

新たに書き足しながら、仮説の検証を続ける。

「次に記憶が解放されたのは、フェンシングの試合のあと。誠司に突かれた腕を恵令奈ちゃんに手当てしてもらったときか……」

あのときも、え、今!?　ってタイミングで突然アンロックされたんだよな。

きっかけになったのは恐らく、恵令奈ちゃんが俺の腕にハンカチを結んでくれたこと。

鍵になったのはハンカチ――《包帯代わりの布》と《恵令奈ちゃんに怪我の手当てをしてもらったこと》ってとこか……。

ノートにメモしながら、やっぱり――と確信する。

「記憶の解放には二つの鍵が必要だったんだ。前世を想起させる《アイテム》と《行動》、どちらが欠けても記憶の扉は開かない。膝枕で何も起きなかったのは、対になる《アイテム》がなかったせいか……」

けど、前世に繋(つな)がりそうなアイテムなんか、そうあるか——？

今後のためにと、それっぽい物を探して机周りを見回す。

ペンにノートに参考書——前世っぽいかと言われたら、うーんビミョーだよなぁ……。

「ええと、他には——」

めぼしいものを探して、部屋のクローゼットを開ける。

洋服じゃ普通すぎるし、サッカーボールもリュックも違うよなぁ。卒アルも関係なさそうだし、あとは——

「これって確か……」

ふと目に留まった箱を開けてみると、中にはファンタジー世界を思わせる金のゴブレットがペアで入っていた。恵令奈(えれな)が誕生日にプレゼントしてくれたものだ。

もらったときは『おおっ、これってゲームに出てくる聖杯じゃん……！』と興奮したものの、使いどころに迷って仕舞(しま)ってたんだっけ……。

「改めて見るとこれ、前世っぽいアイテムかも……？」

恐る恐る手にしてみるが、シン——記憶の解放は起きない。

けどさっきの仮説通りなら、コレで前世っぽいことしたら記憶の扉が開くはず——！

ペアゴブレットを手にキッチンへ向かった俊斗(しゅんと)は、そのうちの一つに水を注ぐ。

前世っぽい行動もなにも、ゴブレットの使い道っつったら一つ——何かを飲むことしかねぇだろ！

　自信たっぷりに、だけどドキドキしながらゴクゴクゴク――緊張とともに飲み干す。

　――が、ハズレだったらしい。例の花びらも蝶(ちょう)も、全く現れる気配ナシ。

「こーゆーの、シャニールにもあったのになぁ……」

　ゴブレットを手にがっくり。リビングのソファでうなだれていると、

「おおおシュントよ、それは王家に伝わる伝説の聖杯ではないかぁ～！」

　舌っ足らずな声を躍らせた小町(こまち)が、てててっと小走りでやってきた。

「今やってるゲームのアイテムにそっくりじゃ～！　よし、酒盛りするぞ、酒盛りぃぃ～！」

「酒盛りって、小学生がどこでそんなワード覚えてくんだよ。つーか、小町はもう寝る時間だろ？」

「そこをなんとか！　この通りじゃシュントよ……！」

　小さな手をパンッと合わせた小町が、くりくりのうるうるお目々で訴える。

「お願いじゃぁぁ、寝酒にたった一杯でいいんじゃ、小町姫を甘えさせろよ使用人～！」

「ちょっ、最後お願いが命令になってんじゃん！　つーか兄を使用人扱いすんなっての！」

　とはいえ、小町が駄々(だだ)こね始めたら長いんだよなぁ。

　もう遅いし、ここは水でも飲ませてさっさと寝かすか。

「そんじゃ姫さま、水道水の水割りをお持ちしやす」

「ぬぅ、それではただの水ではないか。ジュースの原液を持って参れ、ラズベリーがよい」

「こんな時間に甘いもん飲んでるのバレたら、母さんに怒られるぞ？」

「安心せい、美津子(みつこ)は今お風呂じゃ。しばらくは出てこれまい」

「小町(こまち)、その顔、姫っていうか悪代官……」

悪い顔でドヤる小町に苦笑しつつ、「ったく、ちゃんと歯磨きしろよ？」と折れてやる。

「ほらよ。ラズベリーはねぇから、ぶどうな」

ジュースをペアゴブレットそれぞれに注いだ俊斗(しゅんと)は、その片方を小町に差し出し、自らもグイッと一杯。

ぶどうジュースならワインっぽいし、ワンチャン記憶の解放ある——？

淡い期待とともに飲み干すが、残念——花びら一枚降ってこない。

「やっぱゴブレットはハズレか……」

思わずぼやくと、「おいシュント」と小町が不服そうに見上げる。

「酒盛りといえば乾杯だろう、乾杯を忘れるとは何事じゃぁぁぁ！」

「へ？　ああ、悪い……」

もう飲んじまったけど、まぁいっか形だけ——。

「そんじゃ小町、乾杯～！」

「わぁぁい、乾杯～～♪」

カチン！

二つのゴブレットが合わさった瞬間――ちょわっ、なんだよ今さら……！

突然現れた白い花びら、それから青い蝶(ちょう)の群れが視界を埋め尽くして――


――カチャリ。

ようやく開いた記憶の扉に、意識が引き込まれていくのを感じた。

――ここは、俺の家……の食堂……？
や、俺の家ってのは語弊があるな。正確にはレオの父親――ヨナス・ロニアンの屋敷だ。ロニアン家は下級貴族ではあるけど、そこそこ裕福で食堂も立派。調度品だってそれなりのものが揃(そろ)えてある……んだけど、それにしたってなんだこの状況――？
やたらデカい鶏の丸焼きに、香辛料たっぷりの鹿肉のスープ、木苺(きいちご)のタルトなどなど……。

いつもより豪華な晩餐の並ぶ食卓を囲んでいるのは、父ヨナス、母ソフィー……はいいとして、正面には騎士団長マチルダと、その妹レベッカまで座っている。

団長にはいつも厳しくしごかれ……じゃない指導してもらってたし、同い年のレベッカは幼なじみのように接してくれてたけど、だからって上級貴族な彼女たちを気軽にご招待できるような格じゃないよな、ロニアン家……。

これはいったい何の集まりだ――？　記憶とはいえ、異例の光景に驚いていると、

「ほう、見事だな。こんなに美しい杯は初めて見た」

マチルダが、ワインの注がれたゴブレットを手に目を細める。

凛々しいショートヘアのマチルダ。その髪は黄金を思わせる輝きで、どんな豪華なアクセサリーよりも彼女の美しさを引き立てている。が、件のゴブレットはその髪に負けぬほどのきらめきで、太陽を模した宝石まで付いていた。

「マチルダ様はお目が高い。実は息子の祝いにと、さる方から賜った逸品なのです」

そう答えたのはレオの父、ヨナスだ。

「なるほど、成人の祝いにぴったりの品だ。それにしても、レオが大人の仲間入りとは――とりあえずはまぁ、おめでとうか」

フンと感慨深げに笑ったマチルダが、金のゴブレットをレオに近付け、スッとわずかに

掲げる。シャニール式の乾杯だ。

そっか、《ゴブレット》と《乾杯》が記憶解放のトリガーになったのか……。

ようやく理解した俊斗は、この奇妙な晩餐の意味も思い出す。

そうだ、これはレオが一八の誕生日を——成人を迎えた日の記憶……！

家族でお祝いしてたところに突然、団長たちが訪ねてきた……んだっけ……？

「家族水入らずのところをすまんな、レベッカがどうしてもとうるさくて」

おぼろげな記憶を裏付けるように、マチルダが隣に座るレベッカを見やる。

「レオ様、今日は訓練所にいらっしゃらなかったから……それで……」

もじもじと恥ずかしそうなレベッカが、「どうしても今日中にお渡ししたくて……」と木苺のタルトを見つめる。

あのタルト、レベッカからの贈り物だったのか。

「レベッカのやつ、早朝から張り切って焼いていたぞ？　おかしなやつだ、自分の誕生日でもないのにオシャレして」

言われてみればレベッカの雰囲気、いつもと違ってるような？

普段はおろしたままの髪がハーフアップになってて、前髪で隠しがちだった顔周りもスッキリ。彼女のあどけない表情——特に、髪色と同じ薄桃の瞳がキラキラ輝いて見える。

「お、お姉様、そそそ、そういうことは秘密にっ……！」

かぁぁっと赤面したレベッカが、「ごめんなさい……その……ご迷惑でしたよね……」とおずおず縮こまる。

「そんなことないさ、忙しいのにありがとう」

そう言ったレオは、前菜も食べぬうちからタルトを切り分けパクッ！　口いっぱいに頬張る。

「すごく美味いよ！　毎日、いや毎秒でも食べたいくらいだ」

「レオ様ったら、ご冗談を……」

「まったくだ。今日は特別に譲ってやったが、この世の木苺は全て私のもの――そう易々と渡せるか！」

食卓のナイフを剣のように構えたマチルダがシュババッ……！　目にも止まらぬ速さで、残りのタルトから木苺を奪取していく。

……って、今日は譲ってくれるんじゃねぇのかよ！

記憶だから食べられはしないが、ついツッコんでしまう。

レオも呆れているらしい。「団長、騎士の腕を無駄遣いしないでくださいよ……」と苦笑している。

「フン、いついかなるときも鍛錬に励む、それがシャニール騎士団だ」

大人げなくドヤったマチルダがスッと目を細め、鋭い目つきになって続ける。

「それより、今日は神殿に行ってたらしいな。契約の途中で精霊に逃げられたというのは本当か？」

「何、それはまことか！」

マチルダの言葉に驚いたのはヨナスだ。

「それがその……何が悪いのか、精霊たちに嫌われてしまって……」

事情を明かすレオに、「そんなばかな……」とヨナスが深刻な顔で俯く。

かなりショックを受けているようだが無理もない。シャニールでは成人になると精霊と契約して魔法を授かるのが通例。シャニール人なら誰しもが、大なり小なり魔法を手にするのだ。

それなのにレオは契約に失敗――シャニール人からすれば異例の事態だ。

「いや、レオに限ってそんなことはありえない。神殿には話をつけておくから、明日もう一度試してみなさい。今日のは何かの間違い――レオ、お前はこのシャニールで一番の力を授かるべき子なのだから」

ううぅ、気持ちはありがたいが恥ずかしい。ヨナスの親バカ発言に、むず痒い気持ちでいると、幼なじみバカってやつ――!?

「そうですよ、レオ様なら大丈夫！　次こそは必ず、シャニールで一番の魔法を手にするはずです……！」

気弱なレベッカまでが、珍しく語気を強める。

「だってレオ様が精霊の加護を受けられないなんてこと、絶対にありませんもの……！」

心配のあまり、気が昂ったレベッカ。薄桃の瞳に、うるうると涙が滲んでいる。

「まったく、お前が興奮してどうする」

レベッカの背中を優しく撫でたマチルダが、姉らしい表情で続ける。

「そういえば、レベッカももうすぐ一八か。お前はいったいどんな魔法を望むんだ？」

「わ、私ですか……？　契約に応じてくれる精霊次第ではありますけど——」

すっかりいつもの調子に戻ったレベッカが、「美味しいご飯を作れる魔法、とか……？」

と、わずかに小首をかしげる。

「食事なら料理人に任せればいいだろう、わざわざレベッカが作る必要など……」

「でも自分で作りたいんです。さっきみたいに、レオ様に喜んでいただけたら……」

「ハァ、なんでそこでレオが出てくるんだ？」

「そ、それは……レオ様が……その……」

ボッと頬を赤らめ、完熟桃のようになったレベッカが、ぷるぷるしながらも勇気を振り
絞って続けた。

「す……すすす……すき……だか……ら……です……」

「ほう、それはあれか、レオの動きが隙だらけだから、それで美味いものを食わせて瞬発

力を強化させる――的な話か？」

「俺ってそんなに隙だらけだったのか……。ごめんなレベッカ、心配かけて」

いや、いやいやいや！　今のどう考えても『隙』じゃなくて『好き』って話だろ、恋愛方面疎すぎか！　鍛錬と木苺しか頭にないマチルダ団長はともかく、レオ……！　お前は気付けよ、そんな鈍感でどーやってフィオナとの愛を育んだんだ!?

……って、今だからわかることだけど――。

そっか、レベッカって――。

今さら彼女の想いに気付いて、なんだか申し訳なくなる。

我が前世ながら鈍すぎ。傷付けるようなことしてないといいけど……ってもう手遅れかも。

ヨナス＆ソフィーは気まずそうに目をそらしてるし、レベッカは「えへへ……」って作り笑いが痛々しいし、ああもう直視できねぇぇぇ～！

「……よ、欲を言えば――」

作り笑いを崩したレベッカが、真剣な面持ちで続けた。

「私にも騎士団に入れるほどの魔法があれば、とは思います……」

「なっ、お前に騎士団は無理だ、危険すぎる！」

「危険なのはお姉様たちも、でしょう？　私もみんなの役に立ちたいんです、剣術や攻撃魔法は怖いですけど、回復系なら私だって……！」

「そうは言っても、お前の身に何かあったら……」

「お姉様たちに何かあったら――？　ランブレジェの兵はどんな深傷を負っても、聖女の奇跡で救われると聞きます。シャニールでそこまでの治癒力を持った方はいませんし、それなら私が……」

「――聖女って、あのフィオエレーナとかいう女のことか？」

マチルダのハスキーな声が、一段下がって凄みを帯びる。

「死にかけの兵を何度も蘇生させ、無限に戦わせる――あんなもの奇跡ではなく、魔女の所業だ！　そもそもあの異常なまでの神聖力、何か裏があるとしか思えん」

「団長、さすがに言いすぎじゃ……。ランブレジェとはいえフィオナは……フィオエレーナは聖女。戦いを幇助しているような言い方、神に仕える者への冒涜……」

思わず口を挟んでしまうレオを、マチルダはギンッと鋭い眼光で睨めつける。

「ランブレジェに随分と肩入れしているようだな？　シャニールにも魔女の信者が潜んでいると聞くが、まさか騎士団のお前まで！」

「違うんです、ランブレジェを擁護する気はなくて……ただ……」

「ただ？　なんだ、言ってみろ！」

刃のような視線で問い詰められる。が、まさか敵国のフィオナと恋仲だとは言えない。

　言い訳もできず沈黙するレオに、マチルダが声の調子を和らげる。

「レオ、お前のことは騎士として信頼している。たとえ魔法を授からずとも、その評価は変わらない。お前の腕はシャニールを守る立派な盾となる――そうだろう？」

　期待のこもった眼差し（まなざし）に、胸が痛んだようだ。意を決したレオが「そのことですが――」と椅子から立ち上がる。

「実は俺、騎士団を辞めるつもりでいます。もちろん、ランブレジェに寝返るわけじゃありません。ただその、コアレーテスに帰化するつもりで……」

　打ち明けた瞬間、カシャン……！

　ヨナスの席から金属音が響いた。

　レオの発言に動揺し、ゴブレットを落としてしまったのだ。

「こ、これは失礼……」

　どうにか平静を装ったヨナスは、「失礼ついでと言ってはなんですが――」と申し訳なさそうにマチルダを見やる。

「今日はお引き取りいただいても……？　家族だけで話したいことが……」

「あ、ああ、もちろんだ。レオがおかしな選択をせぬよう、よくよく言って聞かせてくれ」

　狼狽（ろうばい）したヨナスに同情したのだろう。こくりと頷（うなず）いたマチルダが、不安げなレベッカを連れて食堂を後にする。

──ええっと、この後どうなるんだっけ……？　『騎士団ほど名誉ある職務はないぞ、辞めるなど許さん！』とか絞られんのかな……。

今さら前世のことで怒られんのダルいし、このシーンだけ早送りとか出来ねぇかなー。

そんなバカなことを考えていたら、マジか……。

これならキツく叱られる方が良かったかもしれない。

「コアレーテスへの帰化は考え直してくれ、この通りだ……！」

レオのすぐそばまで来たヨナスが、床に膝(ひざ)をつき頭を下げてきたのだ。

「よしてください、そんなこと……！」

慌てて止めようとするレオに、ふらふらと、おぼつかない足取りで近づいてきたのは母ソフィーだ。

「よしてほしいのはあなたの方よ、レオ。この国を捨てるだなんて恐ろしいこと、お願いだから言わないでちょうだい……！」

「国を捨てるなんて大げさな。コアレーテスに帰化するといっても、あくまでシャニール派です。国外から国を守る方法だって……」

「いいえレオ、あなたにそれは許されないの。あなたが成人を迎える今日、明かすつもりではいたけど……」

ふるふると首を振ったソフィーが、その場に力なくへたり込む。

「ああ、まさかこんな形になるなんて……王妃様になんとお詫びしたら……」

「王妃……様……？」

いったい何の話だと当惑するレオに、すうっと大きく息を吸ったヨナスが、物々しい口調で告げた。

「――レオ、お前はこのロニアン家の子どもではない」

「なっ、こんなときにそんな冗談……」

笑い飛ばそうとしたレオだが、それ以上は言葉を継げなかった。

冗談などではないと、ヨナスの表情が物語っていたからだ。

「故あってロニアン家の子として育ててきたが、お前は王家の血を継ぐ者――シャニールの王子なのだ。この杯も、お前のためにと王妃様から賜ったもので――」

金に輝くゴブレットをそっと手にしたヨナスが、レオに向けて恭しく掲げる。

ああ……そうか、そういうことだったんだ――！

俊斗の脳裏で記憶の糸が繋がった瞬間――

ぶわり。青い蝶の群れと白い花びらが、高貴にきらめくゴブレットを隠して――

薄れゆく意識が、現世へと引き戻されていくのを感じた。

ハッと気付いたときには、ゴブレットを手に自宅リビングに立っていた。

自宅っていうのはもちろん、貴族のお屋敷じゃなくてごくフツーの一軒家。

お手頃かつシンプルな家具が並ぶ、慎ましくも温かい陽高家のリビング……ではあるのだが――

「やべぇ、俺、王子だったわ……」

金のゴブレットを手に、ついつぶやいてしまう。

「なんだシュント、遅れてきた中二か？」

兄の放った突然の王子宣言に、小町が「しょーがない」と、くりくりの瞳を光らせる。

「我も魔王役で付き合ってやろうぞ、小三から飛び級で中二じゃフハハハハ！」

「ちょっと待て、今のはそーゆーんじゃなくて……」

や、けど『妄想じゃねぇよ、前世の話だ』なんて反論、ますますソレっぽくないか？

つーか、このままじゃ魔王ごっこに付き合わされる予感しかねぇし！

さすがにこの時間からはキツいって。どうにか誤魔化そうとしていると、遠くの方で物音がした。母・美津子がお風呂から上がったようだ。

「ひぇぇぇ、大変じゃ使用人王子よ、ママに見つかるぅぅぅ〜〜〜！」

ジュースを慌てて飲み干した小町が、空になったゴブレットを押しつけるように渡してきた。つーか使用人王子ってなんだよ……！

「あやつの足止めはこの魔王が引き受ける！　其方はその隙に聖杯を片付けるのじゃ、酒盛りのことはゆめゆめ漏らすでないぞ！」

ポニーテールをぶんと揺らしながら、猛然とリビングを飛び出す小町。

本当に足止めしているらしい。廊下の方から、魔王の戦いが聞こえてきた。

「やい美津子、風呂から出てくるのが早すぎじゃ！　湯船でちゃんと一〇〇まで数えてから出直せ……なぬぅ、今日はシャワーじゃと？　ならばこの魔王が肩でもお揉みしましょうフハハハ、さぁさこちらの小町城へ……！」

……って、魔王の腰低すぎかよ！

ぷっと苦笑しつつ、ゴブレットを手早く洗って自分の部屋へ引き上げる。

「中二とかじゃなく、マジで前世なんだよなぁ……」

コトン。机の上にゴブレットを並べた俊斗は、先ほど思い出した前世を振り返る。

『お前は王家の血を継ぐ者――シャニールの王子なのだ』

そう明かしたヨナスはあのあと、レオがまだ王妃のお腹にいたころに起きた悲惨な事件についても語った。

レオの兄にあたる第一王子が、何者かによって暗殺されてしまったのだ。

『ああ、このままでは、この子まで狙われてしまうわ……。事件を手引きした者が、王宮に出入りしていないとも限らないのに……』

一向に捕まらぬ犯人を恐れた王妃は、レオを守ろうと『お腹の子は天に還った』との虚偽を公表。秘密裏にレオを産むと、信頼する侍女のソフィーに託したのだ。

『この子が無事に成人を迎えるまで、どうか【普通の子】として守り育てて……』と――。

出自の真相を知らされたレオはその日の夜更け、『元よりその予定だった』と言うヨナスたちとともに、人目を忍んで王宮に向かった。

実の母である王妃に謁見するために――。

『こんなにも立派になって……』

涙ながらにレオを迎えてくれた王妃だったが、レオはといえば、ただ困惑するばかりだった。

シャニールの騎士であるレオにとって、王妃は身命を賭して守るべき存在。急に母だと言われても、畏れ多すぎてまるで実感がわかなかったのだ。だが、それでも――

『王が病に倒れている今、この国を支えられるのはレオ、あなただけなのです』

『折りをみて、王子の存在を公表します。軽率な行動はどうか慎んで――』

などと懇願されてしまっては、『ランブレジェの恋人と一緒になりたいから国を出る』

なんて身勝手を叶えることはできなかった。

「コアレーテスに移住できなかったのは、俺がシャニールの王子だったからか……」

前世の謎がようやく一つ解けた。だけどスッキリしたかと聞かれれば否。申し訳ない気持ちでいっぱいだ。

一八を迎えたら、コアレーテスで一緒になろう――。

そうフィオナに誓っていたのに……。

「待ちに待ったあの誕生日、本当ならフィオナとお祝いするはずだったんだよな……」

みんなが寝静まった後、コアレーテスの山小屋でこっそり落ち合う約束だった。

なのに突然王妃に謁見することになった俺は、フィオナのもとには行けなかった。

夜更けに一人、山奥でレオを待っていたであろうフィオナを思うと、胸が抉られる思いがする。

すごく心細かったよな、きっと……。

脳裏に浮かんだフィオナ。その姿にふっと、瓜二つの――だけどプラチナブロンドに輝く髪を持つ少女の面影が重なる。

「そっか……恵令奈ちゃんも、ずっと一人で待っててくれたんだよな、俺のこと――」

俺よりも早くに前世を思い出した恵令奈ちゃんは、俺が『彼女』を忘れてる間もずっと待ち続けてくれたんだ。

前世の悲恋を一身に抱えて、ただ一途に——。

今思えば、誠司と遊んでるときにしょっちゅう割り込んできたり、やたらスキンシップ多めで甘えてきたり——ああいうの全部、俺の記憶が戻る日を夢みて頑張ってたんだと思うと、なんで気付いてやれなかったんだって悔しさが湧き上がる。

ロミオとジュリエットを読んでたのだって、前世の俺たちと重ねてたのかもしれないし、そうだこれだって——。

彼女にもらったゴブレットに、ズキリと胸が痛む。

俺がゲーム好きだから、それでRPGっぽいものを選んでくれたとばかり思ってたけど、たぶんそれだけじゃない。

俺の記憶が戻るかもしれないって、淡い期待を込めてたんじゃないか——？

「なんだよ、言ってくれりゃいいのに……」

前世の恋人相手に水臭いと思う一方で、ああそうだったな……と気付く。

恵令奈ちゃんは、無理に前世を思い出させるようなことはしてこなかった。

あくまで自然な覚醒を待っていてくれたんだ。

前世の『最後』が悲惨なものだから、俺が辛い思いをしないように気遣ってくれてた。

それなのに——。

〈前世でできなかったぶんも、先輩と密な時間を共有したかったんですけど……〉

〈先輩、今電話してもいいですか？〉


先ほどの彼女のメッセージを思い出して、激しい後悔が押し寄せる。

「電話くらい、してやればよかった……」

と——記憶がアンロックされた余波だろうか、

『約束よ、私のこと絶対お嫁さんにしてね』


かすかにではあるが、脳裏で少女の声がした。

これって、フィオナとの約束……？

靄（もや）のかかった記憶が、掴（つか）めそうで掴めない。だけど——

メッセージや電話なんかじゃ足りない。

無性に彼女の顔を見たくなって、気付けば電車に飛び乗っていた。

「柄にもなく何やってんだ、俺は……」

こんな熱いキャラじゃないはずなのに、前世のレオでも降りてきちまったか——？

らしくない行動に、自分でも戸惑ってしまう。が、それでも——

七星家の最寄り駅で電車を降り、いつもは誠司に会いにいく道を、今日は恵令奈のために直走る。

「待てよ……勢い任せに来ちまったけど、こんな遅くに訪ねんのって迷惑じゃね？」

はたと立ち止まって、スマホを確認する。

もう夜の一〇時だ、とっくに寝てるかも知れない。

悩んだ末に、ワンコールだけ――おわっ、相変わらず秒で出た。

けれど、彼女の声にいつもの明るさはなかった。

『先輩……どうしたんですか？　今日は疲れてるから早めに休むんじゃ……』

「その……やっぱり話がしたいかなって」

この時間じゃ、さすがに困るか……。

実は家の近くまで来てんだよね、とか言ったら引かれるなこりゃ……。

七星家は、この坂を上ってすぐのところだけど――

「ごめん、今日はもう切るわ」

スマホ越しに謝って、駅へと引き返すことにする。が――

『いえ、私なら大丈夫です。お話、しましょうか』

「そう……？　じゃあ、ちょっとだけ――」

そう答えて通話続行、七星家に続く坂道を上りはじめる。

「恵令奈ちゃん、何かあった？　元気ないみたいだけど」

『先輩の方こそ、なんだか雰囲気違いません？』

「べ、別にそんなことねーし？」

まあね、柄にもなく、こんな時間に会いにきたけどね？

我ながら、ちょっとキモい気もしてきたけどね？

苦笑しつつ坂道を上がりきると、ヨーロッパの城を思わせる洋館が見えてきた。七星家の邸宅だ。

何度見てもすげぇよなぁ。セレブな豪邸を別世界のように眺めていると、二階のバルコニーに人影が見えた。

おわっ、恵令奈ちゃんだ……！

気付いて思わず門塀の陰に隠れる。

恵令奈ちゃん、バルコニーで話してたんだ……。

チラリと視線だけ送ると、パジャマかな？　ドレスを思わせる白いワンピースを着ている。

『先輩、やっぱりいつもと違う気がします……』

そう言った彼女こそ、いつもとは違う弱々しい声音だった。

思い詰めたように目を伏せていることもあって、こっちには気付いてない。

俺いま完全に不審者だよなぁ。けどこの状況、ひょっこり出てって大丈夫なやつ？

様子の違う彼女に、どうしていいかわからない。

『やだな先輩、何か言ってくださいよ。話ってなんだったんです？　もしかして——別れ話、とか……？』

不安げな声が、スマホ越しに震える。

『……なーんて、まだ正式に付き合えてもないのに、笑っちゃいますよね』

あはは、と努めて明るく言った恵令奈(えれな)は、涙の滲(にじ)む声で続けた。

『ねぇ先輩……私のこと重荷なら、いっそ降ろしちゃってくださいね……』

「え……」

『だって先輩、私といるとき困った顔ばかりだから……。迷惑……でしたよね、私ったら先輩のこと好きで好きで仕方なくて、今度こそ二人で幸せになりたいって、つい欲張って、結果重くなっちゃって……。毎晩ね、一人反省会してはいるんです……今日の私、やりすぎてなかったかなぁって……。なのに……やだなぁ、また失敗しちゃった……。先輩のこと、困らせたいわけじゃないのに……』

「違うんだ……！」

門塀の陰から、恵令奈に見える位置まで移動した俊斗(しゅんと)は、

「恵令奈ちゃんを重荷だなんて思ったこと、一度だってないから！」

バルコニーを見上げ、直接呼びかける。

まさか現れるとは、夢にも思っていなかったのだろう。

彼女の美しい瞳が、驚きに見開かれる。

「──先輩……どうして……？」

「その……恵令奈ちゃんの顔見て謝りたくてさ。ほら、メッセージもらったとき電話断って悪かったなーって。つーかごめん、こんな遅くに急に現れんの怖すぎだよな」

スマホを手にしたまま、時が止まったように固まる彼女に焦ってしまう。

やべぇ、やっぱキモかったか、こんな時間に約束もなく……。

「先輩は……ひどいです……。私のこと、惚れさせるだけ惚れさせて……大事なことはぜーんぶ忘れちゃってるくせに……」

バルコニーから愛おしげに俊斗を見下ろした恵令奈が、どこか悔しげに首を振った。

「私たち……結婚の約束だってしてたんですよ、レオ様は覚えてないでしょうけど──」

「忘れてなんてないさ、ちゃんと覚えてる」

「ほんとにぃ？」

疑惑に満ちた視線が降り注ぐ。

「……ごめん、実はさっき思い出したばっかだ、コアレーテスへの移住の件」

「やっぱりね……。先輩ってば、ほんっとひどいんだから──」

クスリ。悲しげに笑った恵令奈が、バルコニーから身を乗り出す。

「この状況、ロミオとジュリエットのワンシーンみたいですね。ああレオ様、あなたはどうしてレオ様なの——なーんて」

「前世のこと、今さらすぎるけどごめん。誕生日に待ちぼうけさせたし、コアレーテスへの帰化もダメになって……」

「仕方ないですよ、レオ様はシャニールの王子様だったんですもの」

複雑な面持ちで、ふぅと大きく息をついた恵令奈が、

「私、過ぎたことは気にしません」

切なげに潤んだ眼差(まなざ)しで、俊斗をまっすぐに見つめる。

「その代わり誓ってください。私たち、今度こそ幸せになりましょう——？」

「ええと、それは……」

マジで最悪な二股男みたいだ。

自分から恵令奈ちゃんに会いに来たってのに、夜神(やがみ)さんの儚(はかな)げな姿がチラついて言葉に詰まってしまう。

「——もしかして私、疑われてます？　本当は『フィオナ』じゃないんじゃないかって」

「なんで……急にそんなこと……」

契約のことは話してないし、俺が『正解』を探してることは知らないはずじゃ……。

「だって先輩、他に気になってる子いるじゃないですか」

全てを見透かすような瞳が、俊斗をじっととらえる。

「レオ様にとってフィオナは運命の相手――でしょう？　なのに他の子に運命感じちゃってるなら、それってもう、その子がフィオナってことと同義ですよ」

なんだ、そういう意味か……。

フィオナ候補が二人もいるってことに気付いたわけじゃないらしい。

ほっとしていると、マズい、恵令奈ちゃんの瞳に病みの波動が……！

「否定……してくれないんだ、他に気になる子がいること」

「それは……その……」

参ったな、ここは穏便に『そんなことないよ』って誤魔化しとくか――？

いや――そんなの不誠実だし失礼だろ、それこそクズだ……！

「恵令奈ちゃんのこと、運命だって信じたい気持ちに嘘はないんだ。だけどごめん、ほんと勝手だとは思うけど、まだ『答え』を出すわけにはいかなくて……」

……って、これじゃ堂々と二股宣言してるようなもんだし、なんなら恵令奈ちゃんとの運命を疑ってるって言ってるも同然じゃん、不誠実の化身かよ……！

だけど明かせないことが多すぎて、ああもう、うまく伝えられねぇ……！

「レオ様って、結構なクズですよね」

ジトッ。病みを帯びた瞳で俊斗を見下ろした恵令奈は、「でもね——」と真剣な声で続ける。

「私との運命を信じられなくても、これだけは信じてください。私はいつだってレオ様の味方です。何があっても絶対に裏切ったりしない。先輩のこと、今度こそ守り通してみせます——」

多少の病みはあれど、曇りや陰はない。

まっすぐな瞳が、溢(あふ)れんばかりの愛を湛(たた)えている。

「私なら平気です。先輩の『答え』がどんなに遅くなっても、いつまでだって待ち続けます。だって前世からずっとずっと待ってるんだもの、ちょっとやそっとの待ち時間、へっちゃらなんだから！」

そう言って、パチリと可憐(かれん)にウインク。

明るく強がってみせる彼女に、きゅううっと胸が痛む。

「ごめん……恵令奈ちゃんのこと、待たせてばかりだよな……」

「謝らないでください。私ね、すごく嬉(うれ)しいんです。だって先輩、疲れてるのにこうして来てくれたじゃないですか。私のために、私だけのために……ってやだ、なんで泣いてるんだろ……」

透き通るようなブルー。

澄んだ湖の瞳から、ぽろぽろと涙がこぼれる。

「ごめんなさい、感極まっちゃって、つい……。んもぅ、こーゆーとこが重いんですよね、我ながらいやになっちゃう」

慌てて涙を拭った恵令奈が「あーもう、今のナシ！　気にしないでくださいー」と困ったように首を振る。

恵令奈ちゃんが『運命』かどうか、正直まだわからない。

彼女への疑いが、綺麗さっぱり晴れたわけでもない。

その青い瞳には、一度だって虹は浮かばない。

それなのに——。

「先輩、今日はありがとうございました、恵令奈に会いに来てくれて——」

キラキラと眩いプラチナブロンド。

星よりも輝く髪をなびかせた恵令奈が、柔らかな笑みを浮かべる。

ドレスみたいな白いワンピースが風に揺れて——

月明かりに照らし出された彼女は、まさしく聖女だ。

フィオナを幸せにできなかったレオを、
すぐには『答え』を出せない俊斗を、
全て赦し、包み込んでくれるような無垢な微笑みに、どうしようもなく信じたくなってしまう。

こんなにも澄んだ笑みを見せる彼女が嘘(うそ)なんかつくかよって、途方もなく願いたくなってしまう。

いや――。

もし嘘をつかれてたって、彼女になら騙(だま)されても構わない――。

そう思えてしまうほど、彼女の瞳は清らかにきらめいていた。

「くしゅん」

夜風に吹かれた恵令奈が、くしゃみをした。

「大丈夫？　そろそろ部屋に入った方がいいかも、体冷やすといけないし」

「ですね。残念だけど、先輩も帰らなきゃ夜中になっちゃいますし」

「また明日(あした)な。一緒に登校すんの、楽しみにしてる。あ、念のため言っとくけど……」

「わかってます、五分前集合――ですよね？　本音をいえば今から待機してたい気分ですけど、先輩との約束ですもん、ちゃーんと我慢しま～す！」

そう言って、茶目(ちゃめ)っ気(け)たっぷりに敬礼してみせる恵令奈。

無邪気な微笑みには、塵(ちり)ほどの穢(けが)れも曇りもなくて――。

彼女がフィオナでも、たとえそうでなくても、

純真無垢(じゅんしんむく)なその笑みが、悲しみに汚されることがありませんように――。

『正解』に惑いながらも、そう願わずにはいられなかった。

第七章　さいごの記憶

「引っかかるのは、夜神さんの言葉だよなぁ……」

七星家を後にした俊斗は、駅へと向かう道の途中でつぶやく。

あの『レオ』って寝言はもちろんだけど――

『あなたは今、幸せなんでしょう？　だったら彼女だけは絶対にだめ。前世なんて忘れて、もう何も思い出そうとはしないで――』

彼女の忠告が、どうしても気になってしまう。

恵令奈ちゃんが俺を不幸にするって、いったいどういうことだ？

困惑していると、誰もいなかったはずの夜道に少女の姿が浮かび上がる。

漆黒のロリータドレスに紫のツインテール。

愛らしい幼女に化けたミリュビルが、俊斗を見上げ、にっこりと微笑む。

「来ちゃった☆」

「突然現れたかと思えば、彼氏の家に押しかける彼女ヅラすんな！　つーか、今まで何してたんだ？」

「うーん、お食事？」

口元に手を当てたミリュビルが、こてんと小首をかしげる。

「よく言うよ、普通の食事なんか必要ねぇくせに」

太古の昔から人間の感情を餌にしてきたこいつは、今じゃ契約者である俺の感情を吸うことしかできないはず。

それにしても、幼女の姿だからか？　やけに肌ツヤがいいような……。

「なぁに？　ボクが可愛いからって、そんなに見つめないでよ。それとも、ボクにまでフィオナを感じちゃったぁ？」

「はぁぁ、誰がお前なんかに……！」

「感謝してよねぇ、わざわざ迎えにきてあげたんだから。ボクにはほら、キミを守る使命があるからね。いくら平和な世界でも、子どもが一人で出歩くような時間じゃないだろ？」

説得力皆無。俊斗よりはるかに子どもなルックスで不敵に笑ったミリュビルが、

「えいっ♪」

人差し指を魔法の杖のように揺らした。瞬間――

「なっ、ここって俺の部屋……!?」

今の今まで夜道にいたはずが、家に戻っていた。出がけに消し忘れたデスクライトが、薄暗い部屋で煌々と灯っている。

「マジかよ、瞬間移動じゃん……」

「驚くほどのことじゃないだろ？　ボクにとっちゃこんなの朝飯前だよ」

「お前にとっちゃそうでも、現世じゃ奇跡だっての」

つーか、前世でも難易度高めの魔法だし、なのに俺まで連れて簡単にワープとか、やっぱすげぇ魔獣だよなぁ。

基本イラッとすることしか言わねぇ、ふざけたヤツだけど……。

パチン。壁のスイッチを押して部屋の電気をつける。

「ボクからすればその珍妙な装置の方がよっぽど奇跡だけどねぇー。キミたちみたいな雑魚でも、部屋を明るくできるんだから」

「誰が雑魚だよ！　けど確かに前世じゃ奇跡か……」

現世じゃ当たり前すぎて意識してこなかったけど、改めて考えると便利の極みっつーか、夢みたいな世界に生まれてきたよなぁ。

現世ってある意味ユートピアかも……。

しみじみしていると、ポケットでスマホが震えた。恵令奈からのメッセージだ。

〈先輩、もう電車ですか？　夜遅いので気をつけて帰ってくださいね♡〉

優しい気遣いをありがたく思う一方で、クスリとしてしまう。

既に帰宅済みなんて、さすがの恵令奈ちゃんも思わねぇよなぁ。

それにしても——離れててもリアルタイムに連絡できるなんて、それも魔法いらずなんてそれこそ奇跡だ。

前世でもスマホさえあればなぁ。そしたらフィオナともすぐに連絡を取り合えたし、あの誕生日の夜だって待ちぼうけさせずに済んだのに……。

まぁ、すぐに連絡できるからって、『実はもう家なんだよね、魔獣とワープしたから』とは返せねぇけど……！

〈ありがとう、今ちょうど電車乗ったとこ。もう遅いし、恵令奈ちゃんこそゆっくり休んで〉

余計な心配をかけてもいけない。無難な返事をすると、ミリュビルが「ぷぷっ」と口の端を上げた。

「昼間は夜神瑠衣に膝枕なんてしてたくせに、夜は夜で七星恵令奈とイチャコラかぁ。ウブそうに見えて、キミもなかなか隅に置けないなぁ〜」

「まさかお前、学校で覗き見してたのかよ、悪趣味すぎんだろ！」

「契約者の動向くらいチェックさせてよ、減るもんじゃないんだしぃ？」

「俺のメンタルがすり減るわ！　つーかお前、記憶の解放にはアイテムが必要ってこと黙ってたな？」

「なぁーんだ、もう気付いちゃったのぉ〜？　記憶が戻らずに行き詰まるキミの焦燥、もっと味わいたかったのになぁー」

心底残念そうなミリュビルが、ちぇっと口をすぼめる。

「お前ってほんと最低だよな……」

「え〜、でも最低なボクのおかげで前世のフィオナが助かったんだろぉ？」

「そうだな、最低なお前のせいで今度は現世のフィオナがピンチだけどな」

「え〜〜〜、それはキミが『正解』を見つけられない二股男だからじゃーん。あはは、ボクと同じくらい最低──オソロだねっ☆」

「くそっ、お前と話してるといちいち腹立つわ！　けど、それすらお前の狙い通りみたいで気にくわねぇ〜！」

この『怒り』すら栄養にされてんだろうし……ああもう、こいつと縁を切るためにも早く『本物』を見極めねぇと……。

そのために必要なのは、やっぱ記憶だよなぁ。

ゴブレットの他に、何かキーになりそうなアイテムは……。

クローゼットはもう見たし——と、隣の本棚を探してみる。

並んでいるのは少年マンガ、それにゲームの攻略本だ。

「どっちも前世にはなかったし、関係ないよなぁ……」

「あはは、さっそくアイテム探しぃ？　そこのえっちな写真集とか意外とデジャブるんじゃない？　フィオナ似の女の子が丸裸のやつ！」

「そんなもん持ってねーわ！　つーかあっても堂々と本棚には置かねぇわ！」

ったく、いちいち茶化しやがって。

苛立つ俊斗を和ませたのは、本棚に飾られたシーサーの置物——家族で沖縄旅行した際に買ったものだ。

シーサーにしては可愛くデフォルメされてて、そのゆるーい笑顔につい癒されてしまう。

「ほんとはもっと厳ついのにするつもりが、小町が怖がるからこれにしたんだっけ」

懐かしくなって、そっと手に取る。

前世とは無縁でも、『俊斗』にとっては思い出深いものだ。

あのころって確か、小町がまだ小学校に上がったばっかかで——。

懐かしんでいると、妙に距離を取ったミリュビルが眉をひそめる。

「それってなんだい？　なんだかとっても嫌な感じがするよ」

「嫌な感じって……そっか、これ一応魔除けだし、魔獣のお前とは相性悪いのかもな」

「うぇ～、そのふざけた置物が魔除けぇー？」

「そ。シーサーっていうんだ、沖縄ってとこに伝わるお守りで……」

……って、ちょっと待てよ、どうなってんだ――？

会話の途中なのに、それも前世に関係ない沖縄トークの最中だってのに――

ぶわり。場違いな白い花びらが宙を舞って、青い蝶の群れが記憶の扉へと誘う。

や、マジでなんで今なの……？


――カチャリ。

記憶の解放が起きて、意識が前世へと吸い込まれていった。

ふと気付けば、ぷつぷつとノイズの走る白黒の世界だった。
かつて自分が撮った古い映画を覗き見ているような、不思議な感覚に陥る。

このバグみたいな解放、前にもあったよな……。

けど、前よりさらに記憶の状態が悪い。

視界が暗すぎるし、ノイズだってこの前の比じゃない。

眼前に広がる、古ぼけた記憶。不鮮明で薄暗いそこは――よく見るとコアレーテスの山小屋で、簡素な木の椅子にはフィオナが座っていた。

色のない世界でも神々しい彼女は、だけど可哀相なくらい衰弱していた。

モノクロでもわかるほど蒼い頰が痛々しくて……ってこの記憶、前にも見たよな？

確か、ミリユビルと契約したときの記憶もこんな感じだったような……。

あれ、でも前とは違う場面なのかも。覚えのない、レオの声が響いた。

「ごめんフィオナ………で………だから……コアレーテスにはどうしても………」

何かを謝っているようだが、ぷつぷつ音飛びしているせいで、よく聞こえない。

ひょっとして、コアレーテスに帰化できなかった件を謝ってる――？

どうやら当たりらしい。レオは真剣な声音でさらに続けた。

「俺には国を………だけど君を想う気持ちに嘘はない……！　お願いだ、どうかシャニールに来てくれないか。大丈夫、君の安全は俺が保証………」

相変わらずぷつぷつと聞き取りにくいが、フィオナにシャニールへの亡命を求めているようだ。

「レオ……あなたの……は嬉しい……。でも……それは無理なの……」

レオを見上げたフィオナが、湖の瞳を悲しげに揺らした。

「私はランブレジェを……ない……。私ね……なの、……だから、どうしても……。……で、ごめんなさい、私……」

「……精霊石があれば君は助かる、そういう……だね？　それならこれを——先祖代々伝わる精霊石のお守りなんだ」

うぉぉ、ノイズが邪魔すぎて聞き取りづれぇ〰〰！

けどこの記憶、やっぱ前に見たやつだよな。このやり取りは覚えがある。

その証拠に、レオが取り出したのは黒い宝石の輝くペンダント——ミリュビルの宿る魔石だ。

このあとレオだけが異空間に飛ばされて、そこでミリュビルと契約するはず。

今度は前の続きまで見られるかも……？

期待して待ってたのに——は？　まさかここで終わんの!?

鮮やかな疾風。青い蝶の群れと純白の花びらがぶわぁぁっと視界を阻んで、

モノクロの記憶が、いともあっさり遠のいていった。

「今回の解放、いろいろ雑すぎねぇ?」

記憶から戻ってきた俊斗は、たまらずツッコんでしまう。

レオがフィオナにシャニールへの亡命を求めてたとか、新情報もあるにはあったけど全然足りねぇし……! スッキリどころかモヤモヤしていると、

「あれぇ～、もう戻ってきたんだ、おかえり～☆」

どこまで把握しているのか、ミリュビルが妖しい笑みで迎えた。

「おかえりーじゃねぇよ、なんだあの中途半端な記憶は! デジャブのきっかけも意味不明すぎだし……ってまさかお守り繋がり——?」

手にしていたシーサーに視線を落とした俊斗が、ハッとする。

「シーサーとペンダントがお守り同士リンクして……って、さすがにこじつけか」

「些細なデジャブでも鍵にはなり得るさ。ま、関連性が薄いと、解放される記憶も粗くなるけどねぇ～」

「だからさっきの記憶、モノクロでノイズだらけだったのか……」

そういや、前にバグみたいな解放が起きたのは、何がきっかけだったんだ——?

あのときは確か、夜神さんから国語の小テストを渡されて、そしたらお芝居に誘われる記憶がアンロックされたんだよな。

仮面交流会での別れ際、フィオナがツンツンしつつも宣伝のビラを渡してきて……って
それだ！
小テストとお芝居の宣伝——パッと見えらい違いだけど、何かを渡されたってデジャブ
で粗めの記憶が蘇ったってことか……。
なるほど、と今さら腑に落ちる。けど、それにしたって——
「なぁ、精霊石があればフィオナは助かるって話、そもそもはなんであんなに衰弱してた
んだ？」
フィオナにお守りを渡した経緯は二度も見たけど、彼女があそこまで弱り果てた理由は
謎のままだ。
「え～、どうだったかなぁー。ドラゴンの生肉をかじって重度の食中り——とかだったか
なぁ～☆」
こてんと首をかしげ、わざとらしく考え込んでみせるミリュビル。爛々と輝く瞳から、
『知ってても教えなぁ～い♪』という魂胆が透けて見える。
「くそっ、やっぱ自力で思い出すしかねぇか……」
シーサーを本棚に戻し、今度は再びクローゼットを開く。
些細なデジャブでも鍵になるってんなら、片っ端から試してみるしかねぇだろ！
サッカーボール、ナイって思ってたけど意外とデジャブるかも？

ひらめいて軽くリフティング。「なぁミリュビル、サッカーって知ってるか？」なんて、シーサーのときみたいな奇跡を待つが、デジャブの兆しゼロ。

切り替えて、リュックを騎士団の荷物風に背負ってみたり、卒アルを舐めるように眺めて前世との類似点を探したり——あれこれ試してはみるが、見事に空振り。

「そうだ、服はまだ試してないよな。騎士っぽい服……ってそんなもん持ってねぇぇ！こうなったら、いっそコスプレか？　ド○キでそれっぽいパーティーグッズ買ってパーティー騎士しちまうか!?」

焦っておかしな思考にはまっていると、ミリュビルがクスクス笑った。

「一旦落ち着きなよぉ。焦りは禁物——慎重にいかないとトンデモナイ記憶を引き当てちゃうかもよぉ？」

「トンデモナイ記憶ってなんだよ」

「そりゃぁ引き当ててからのお・た・の・し・み♪」

ツインテールを弾ませ、にぱぁぁぁっと笑うミリュビル。見た目は幼女の無邪気な笑顔が、やけに不安をかき立てる。

「ま、ボク的にはお行儀よくいった方がいいと思うけどねぇ～。思い出す記憶の順番とか、一歩間違えば大変なコトになるしぃ？」

「記憶の順番って、そんな話聞いてねぇぞ」

「だって聞かれてないしぃ？　まぁさ、ゆっくりやんなよ。平和なこの世界、生き急ぐ必要もないだろぉ？」

ミリュビルが、じゅるりと舌なめずりする。

さっさと『正解』を見つけられたんじゃ、極上の感情（ごちそう）にありつけないって、そういうことかよ。

くそっ、こいつとはマジで早いとこ縁を切りてぇ……！

それに——ミリュビルのことだけじゃない。

『私なら平気です。先輩の「答え」がどんなに遅くなっても、いつまでだって待ち続けます』

脳裏に恵令奈（えれな）の健気（けなげ）な姿が思い出されて、胸がズキリと痛む。と同時に——

『お願いだから、私と「未来」を生きて——』

瑠衣（るい）の切なげな姿までが浮かんで、これじゃマジで二股みてぇじゃん……と罪悪感に襲われる。

「急ぐ必要ならあるさ。こんな中途半端な状況、さっさと終わらせてやる……！」

そのためには、記憶の解放あるのみ――！

半ばやけっぱち。ゲーム機に辞書にと、手当たり次第にデジャブが起きるか試す俊斗に、

「やれやれ、もう好きにしなよ」と、ミリュビルは呆れ顔。

「ボクはちゃーんと忠告したからね？　猛毒みたいな記憶が当たっても知らないよ～ん♪」

なにが猛毒だ。思わせぶりなこと言って、わざと不安を煽る気だろ。

その手には乗るかよ……！

「そうだ、京都土産の提灯……いや、意外と消しゴムとかイケんじゃね？」

ミリュビルを無視した俊斗は、手当たり次第にアイテムを試し続けるのだった。

「昨日は結局、収獲ゼロだったなぁ……」

翌朝、駅で恵令奈を待っていた俊斗は、ふぁぁっと大きくあくびする。

あれからほぼ徹夜で鍵になるアイテムを探したが、ハズレのオンパレード。

記憶の解放は、一ミリも起きなかった。

「そういや、こっちも収獲ゼロなんだよなぁ……」

スマホを取り出して、瑠衣とのメッセージ画面を開く。

例の寝言について聞きたいことは山ほどあるのに、彼女とのやり取りは〈早く寝ろし〉

の塩スタンプで止まっていた。

様子見で軽い挨拶でも送ってみるか？　〈おはよう、今日は調子どう〉とか——？

「でもなぁ、朝からウザがられるのもなんだし……」

メッセージを入力してはみたものの、送信を躊躇（ちゅうちょ）してしまう。

——と、いつの間に……！

背後からぴょこっと顔を覗（のぞ）かせた恵令奈が、俊斗のスマホをチラリ。「ねぇ、せんぱぁーい♡」と、甘すぎるほどの猫なで声ですり寄る。

「そこに登録されてる連絡先、私の以外ぜーんぶ削除してもいいですかぁ♡」

「ちょっ、恵令奈ちゃんってば可愛（かわい）い声でなんつーことを……！」

「だってぇ、私以外の子とメッセージ送り合ってるなんて、ジェラシージェラジェラですよ。局地的に通信障害とか起こせないかなぁー♡　あ、あそこの基地局倒しちゃえばいいのかなぁ♡」

やべぇ、恵令奈ちゃんの目が朝から病み闇ってる……！

「なーんて、冗談ですよ？　先輩の重荷にはなりたくないですもん、ちゃぁーんとイイ子にしてます」

「恵令奈ちゃん……。なんかごめん、俺……」

「やだ、そんな顔しないでくださいよ。今日だって、こうして一緒に登校できて幸せなんですから」

駅を出て学校の方へ歩き始めた恵令奈が、くるりと俊斗を振り返る。

「私のことは、ある種のゲームとでも思ってください。私が重いぶん、先輩は軽ーくいかなきゃ。先輩、ゲームは好きでしょ？」

「そりゃ好きだけど、ゲームと恵令奈ちゃんじゃ結びつかな……」

「ふふ、私で育成ゲームしちゃうとかどうです？　一から先輩好みに育てるの！」

「だーかーらー、いちいち俺の好みとか考えるなって。恵令奈ちゃんは恵令奈ちゃんだからいいんだって、こないだ教科書にも書いてあったぞ？」

「それ、何の教科ですか」

「えーと……確か、数Ⅱ？」

「え～私、数学なのぉ？」

ぷふっと柔らかく笑った恵令奈は、「じゃあこうしましょ？」と指切りのように小指を立てる。

「二人の運命を育てるゲームだと思って――？」

キラリ――彼女の小指から、見えない赤い糸が伸びているような錯覚に陥る。

このまま優しく指切りして、二人の運命を誓い合えたら――。

彼女の無垢な微笑みに、胸がキュッと震える。

だけどもちろん、まだ『答え』を出せるような状況じゃなくて――

「ゲームっつっても、いい加減な遊びには絶対しねぇけどな。軽くなんか考えてやるかよ、俺だって重ぇよ」

彼女の小指を手のひらでぽんっ――優しく叩いて、精一杯の誠意を返す。

「つーか、これから授業とかマジだるすぎんだろ、眠ぃぃ～」

「先輩、もしかして眠れてないんですか？　そっか、昨日私のせいで帰りが遅くなっちゃったから……」

「や、違う違う！　なんつーか、前世の記憶が気になっていろいろやってたら、朝になってたっつーか……」

「前世の……記憶……？」

恵令奈の柔らかな表情が、ピシリと強張る。

「先輩、前にも言いましたけど、忘れてるなら無理に思い出す必要ないと思います」

またた――。恵令奈ちゃん、前世のこと積極的には話したがらないんだよなぁ……。

俺が悲しい記憶に傷付かないようにって配慮なんだろうけど、逆に気になっちまう。

そういや夜神さんも、前世なんて忘れろって言ってたっけ。

前世を否定するわりに、なぜかムキになって……。

二人とも、俺に前世を思い出してほしくないみたいだ。

けど、それってなんで？

俺に知られちゃ都合の悪いことがある……とか——？

考えれば考えるほど、謎は深まるばかり。

いったいどういうことだと混乱していると——

「先輩？　せーんぱい！　ねぇ、先輩ってば……！」

恵令奈の声で、ハッと現実に引き戻される。

「あ、ごめん……考えごとしてて……」

「大丈夫ですか？　先輩の校舎、あっちですけど……」

恵令奈がそう言って、二年の校舎を指差す。

「おわっ、いつの間に学校に！　なにこれ、今日も瞬間移動!?」

「瞬間移動って……先輩ってば、まさか歩きながら寝てましたぁ？」

んもぅ、と苦笑した恵令奈が「そういえばこれ、渡し忘れてました」と、カバンから何やら取り出す。演劇部のチケットだ。

「ロミオとジュリエット、いよいよ来月なんです。二枚あるので男性のお友達とぜひ！」

「おー、ありがとな。恵令奈ちゃんの演技、楽しみにしてるよ」

チケットを受け取り、「じゃ、また後で」と校舎に向かおうとしたところで、

「先輩、大丈夫ですからね……！」

俊斗を呼び止めた恵令奈が、にっこりと聖女の微笑みを浮かべる。

「先輩のことは今度こそ私が守ってみせますから、だから何も心配しないで――」

神々しいほどのプラチナブロンド。朝日を受けた彼女の髪が、清らかな水面のようにキラキラと輝く。

まるで大地を慈しむ太陽だ。明るく慈愛に満ちたその姿は、やっぱりフィオナに瓜二つで――なのに、なぜだろう。

何かが足りない。や、胸の話じゃなくて……！

うまく言葉にできないけど、前世とは何かが違うような――？

それにしても『今度こそ守る』って、どういう意味なんだろ……。

恵令奈と別れたあとも、教室に向かいながらいろいろ考えてしまう。

彼女を守るのは、俺の方じゃないのか？

前世じゃ俺、フィオナのこと守り通せなかったのか？

次々に湧いてくる疑問に、頭がパンクしそうになる。

だけど、記憶さえ戻れば――。

ふと廊下の壁を見ると、演劇部のポスターが。ロミオとジュリエットの公演を告知するもので、ジュリエットに扮した恵令奈が切なげに微笑んでいる。

こうして見ると、本物の舞台女優みたいだ。プロ顔負けのポスターに、そうだ――！

名案を思いついた俊斗は、
〈今って時間ある？　もしもう学校来てたら、屋上で話せないかな〉
居ても立ってもいられず、瑠衣にメッセージを送った。

その後、屋上に直行した俊斗は鉄柵にもたれ、一人瑠衣を待っていた。

「このぶんだと、待ちぼうけで終わるかもなぁ……」

気持ちが先走って呼び出したはいいが、メッセージには塩スタンプ一つ返ってこない。

「既読にはなってるけど、前世前世ってしつこすぎて無視られてんのかも……」

どっちにせよ、そろそろ朝のホームルームの時間だ。ひとまずは撤退か……。

諦めて教室に向かおうとしたところで――

「いったいなんの用、わざわざこんなところに呼び出して」

低体温な声を響かせ、瑠衣がやって来た。制服のスカートが風になびいて、日焼けを知らない真っ白な太ももがチラリと覗く。

「まさか授業も始まらないうちから深めるつもり？　私との体の相性――」

「や、だから『体』は余計だって……」

「なら純粋に『心』の相性を深めるつもりなんだ」

つかつかと俊斗のすぐそばまで歩いてきた瑠衣が、上目遣いに見つめる。

朝日の似合わぬ物憂げな瞳がやけに色っぽくて――

「わざわざ言葉にされんの、それはそれで恥ずいんですけど」

つい赤面してしまった俊斗は、ゴホンと咳払いして本題に移る。

「ていうか、昨日送ったメッセージのことだけど、やっぱり夜神さんがフィオ……」

「メッセージって、なんのこと」

「や、だから夜神さんがフィオ……」

「ああ、私の帰りが心配で心配で仕方なかった陽高君からのメッセージ？」

「ちょっ、わざわざ言語化されると無駄に恥ずいっつーの！」

マズいな、すっかり彼女のペースにはまってる気がする。

けど寝言の件を問い詰めたところで、『知らない』って言われたらそこまでなんだよなあ。

変に怒らせてリアルに塩撒かれても困るし、それよりは――。

「あのさ、夜神さんってお芝居とか興味ある？」

「お芝居……？」

不意をつかれた瑠衣が、ぱちぱちと瞬きする。

「そうね、嫌いではない……というか、かなり好きな方……だけど……？」

「マジか！　じゃあさ、これ一緒に行かない？　演劇部の公演、ロミオとジュリエットなんだけど――」

言いながらチケットを差し出す。先ほど恵令奈（えれな）からもらったものだ。

夜神（やがみ）さんを誘ったなんて知ったら恵令奈ちゃん、怒るだろうなぁ……。

だけど、軽薄な気持ちで誘ったわけじゃない。

さっき演劇部のポスターを見て思い出したんだ、前世でフィオナが渡してきたお芝居の宣伝――。

フィオナが誘ってくれた東方の劇団――その公演には、結局予定が合わずに行けなかったけど、他の舞台なら二人で見たことがある。

夜神さんと観劇すれば、当時とリンクしてデジャブが起きるはず――！

恵令奈ちゃんのこと、いつまでも待たせるわけにはいかないし、『答え』を出すためにもここは攻めの姿勢でいかせ……

「いやよ、絶対にいかない」

あっさり断られてしまった。

「演劇部の公演って、あの子が出るんでしょう。悪いけど見る義理なんてない。それに私、悲劇は好きじゃないの」

「じゃ……じゃあさ、他の劇ならどう？」

諦められない俊斗（しゅんと）は、代わりになりそうなお芝居をスマホで検索する。

お、良さげなミュージカル発見！　ラブストーリーで、しかもハッピーエンドっぽい！

よし、これにしよ……ってチケット高っ！　一番安い席でも一万って……。

あれ……でもこのミュージカル、映画もあんの？　しかも今週公開じゃん……！

サイトの隅に映画版の告知を見つけて、これなら……！　と誘ってみる。

「ごめん、やっぱ映画にしない？　おすすめのミュージカルが……」

「舞台じゃなく映画――？　私が、それもあなたと行くの？」

美しい瞳をスッと鋭くした瑠衣が、信じられないとでもいうような顔をする。

まさか夜神さん、ミュージカルは生の舞台が基本派？　『たかが一万のチケットも取れないくせに、この私を邪道な映画版に誘うなんて身の程知らずにもほどがあるわ！』とか岩塩ぶっかけられたりして――？

そういや夜神さん、七星家に負けないくらいお金持ちなんだっけ。観劇は当然ＶＩＰ席、なんなら本場ブロードウェイにプライベートジェットで飛びますけど？　……的な日常だったりすんのかも!?

「ごめん今のナシ！　やっぱ舞台にしよ、さすがにブロードウェイは無理だけど……」

「ひどいわ、どうしてそんなこと言うの……」

まるでオモチャを取り上げられた子どもだ。

しゅんと肩をすぼめた瑠衣が、今にも泣き出しそうな瞳で俯く。

「ひょっとしてだけど夜神さん、舞台より映画に行きたかったり……？」

「もっ、もちろん舞台も素敵よ？　だけど映画は……映画は特別——」

並々ならぬ思い入れでもあるのだろうか。

映画に思いを馳せた瑠衣が、感慨深そうに胸を押さえた。

「じゃ、じゃあ映画にしようぜ、その方が俺的にも助かるし……？」

「それで？　いつ行くの、今行くの、すぐ行くの？」

どこか興奮した様子の瑠衣が、風に乱れた髪をそわそわと手櫛で整える。

まさか映画に備えてもう身支度始めちゃってます!?

「さすがに今すぐは……。俺たち制服だし、学校サボって映画なんて補導案件……」

「そんな……補導はだめよ、絶対」

元夜遊びギャルが、神妙な面持ちで言った。

「ごめんなさい。私としたことが、取り乱してしまったわね」

「いや、別に構わねーけど……」

……っても、足の方はまだ取り乱してるみたいだけどな？

ツンと澄まし顔の瑠衣だが、その足はスキップするように弾んでいた。

「なによ……」

俊斗の視線に何かを感じ取ったらしい。瑠衣が訝しげに目を細める。

「や、なんでもない……」

変に指摘して機嫌を損ねるのもなんだし、ツッコまない方がいいやつ……だよな？

つーか、あんな足だけ小躍りしてんのに自覚ねぇの、逆にすげぇな……！

けどま、そんなに楽しみなら――。

「映画、急だけど明日は？　学校休みだし、もし予定空いてれば……」

「そうね、あなたがどうしてもって言うなら、行かなくもないけど？」

ぶっきらぼうに答えた瑠衣。塩のきいた無表情だが、内心楽しみで仕方ないのだろう。

可憐な足は、先ほどよりさらに軽快に躍っていた。

ったく、どんだけ映画好きなんだよ……！

「なによ……」

「や、なんでもない……」

もはや足だけが別人――言葉とは裏腹な瑠衣のステップに、含み笑いが止まらない俊斗だった。

そうして訪れた休日。

待ち合わせ場所の駅に着いた俊斗は、改札横のエレベーターから出てきた瑠衣を見つける。

……って夜神さん、今エレベーターに向かって『ありがとう』って頭下げなかったか？　こちら側のドアが開きます的なアナウンスに、律儀にもお礼言っちゃったみたいだけど、機械には塩対応じゃないんだ――!?

意外すぎる彼女の一面に、ぷっと吹き出してしまう。

――と、俊斗に気付いた瑠衣が「なによ……」と戸惑う。

「もしかして、似合ってない……？」

言いながら、自分の服に視線を落とす瑠衣。

彼女が着ているのは黒いギンガムチェックのワンピースだ。襟の部分が白いセーラーカラーになっていて、大人っぽい彼女の美貌に絶妙な愛らしさを添えている。

「昨日、慌てて買いに行ったの。お店の人は似合うと言っていたけど、服を売るためのお世辞ね。どれを試着しても賛辞ばかりだったし……」

「そりゃマジで全部似合ってたからだよ。そのワンピースも、夜神さんにあつらえたみたいにピッタリじゃん？」

「そこまで褒められると、逆にあやしいわ」

社交辞令に聞こえたのか、瑠衣がふいっと顔をそらす。

だけど満更でもないらしい。雪のような頬がポッと朱に染まった。

「っていうかその服、わざわざ買いに行ってくれたんだ？　それってその……俺のためだったり……？」

もしそうなら、お礼とか言っとくとこ？

慣れないシチュエーションにそわそわしていると、塩の豪速球が返ってきた。

「なによそれ、私があなたのこと好きだとでも思ってる？」

「や、そこまでは言わねーけど、『体の相性』だの『運命感じてる』だの、思わせぶりなこと散々聞かされてるわけだし、ちょっとくらいはさぁ……」

「家にある服、布地の面積がやけに少ないの。スカートも短いし、ボディラインが目立ちすぎて」

「あー、ギャル時代の服……」

「そっちの方がよかったかしら」

「や、そのワンピで正解じゃね？　マジで似合ってるし」

ギャル服着てる夜神さん、今の姿からは想像できないし、ちょっと見てみたい気もするけど、目のやり場に困りそうだしなぁ。

「でもそっか、普通に服が必要だっただけ……って俺、とんだ自惚れ野郎じゃん！」

夜神さんが俺のためにオシャレしてくれたとか、勘違いも甚だしい〰〰！

「悪いけど好きよ、陽高君のこと――」

風になびく髪をスッと耳に掛けた瑠衣が、深い紫の瞳を揺らした。

「それはもう悔しいほどに。たとえどんな大罪を犯しても、あなたを絶対に幸せにしてみせる――そう思うくらいには好きよ」

結構へビーな告白を、サラッとぶっ込まれてしまった。

だけどそれは、恵令奈の無垢な重さとはまた違っていて、憂いを帯びた瞳には悲壮感すら滲んでいるような――？

「そ、そりゃどうも……」

どう答えればいいかわからなくて、当たり障りのない返しをしてしまう。

ふと視線を移すと、瑠衣の細腕には銀色の鎖が。ハートの南京錠で繋がれた、例のブレスレットだ。

「それ、今日もしてるんだ？」

事故を機にギャルから真面目路線に切り替えた彼女は、基本優等生。制服だって清く正しく校則遵守なのに、あのブレスレットだけはいつも違反してんだよなぁ。

「学校にもしてくるなんて、よっぽど気に入ってんだな。ひょっとして、誰かからの贈り物とか？」

「贈り物――そうね、ある意味そうかもしれない」

チャリ、という硬質な金属音。おもむろに手を掲げた瑠衣が、ハートの錠前が揺れるブレスレットを儚げに見つめる。

「これは赤い糸よ、あなたと私とを繋ぐ――」

「ったく、またそういう返答に困ることを……。糸にしては頑丈すぎだし、そもそもブレスレットって閉じてんじゃん。俺とは繋がってなくね？」

「そうね、忘れてちょうだい」

苦笑まじりに首を振った瑠衣は、ふと怪訝な顔になる。

「ところで陽高君、あなた野営でもする気？　今日は映画を見る……のよね？」

不審がられるのも無理はない。俊斗のリュックは登山かってほどパンパンに膨らんでいた。

というのも、記憶の解放には前世を思わせる《行動》とは別に《アイテム》も必須。

何が鍵になるか見当も付かないが、手札は多い方がいい。

そう思って、膝掛けやらクッションやら、映画鑑賞に役立ちそうなアイテムに加えて、以前キーになったゴブレットやシーサーまで持ってきてしまった。

「陽高君、何かよからぬこと企んでない？」

ジトッと疑わしげな視線が、鋭く突き刺さる。

夜神さん、前世なんか忘れろ派だし、記憶の解放狙ってるなんて知られたら面倒なことになりそう……。

「そそ、そんなことねぇし？　つーか早くいこうぜ」

慌てて誤魔化した俊斗は、瑠衣と映画館へ急いだ。

向かったのは、大型ショッピングモールに併設された映画館だ。

「お、そこのエレベーターが直結してるっぽい」

広場の案内を確認した俊斗は、瑠衣を連れてガラス張りのエレベーター前へ。

サッとボタンを押して、エレベーターの到着を待っていると、

――え、俺なんかやらかした……!?

隣に立つ瑠衣が、キッと敵意を剥き出しにする。

よ、よくわかんねーけどエレベーター来たし、とりあえず乗っちまうか……。

「ええと受付は――八階か」

俊斗が操作盤のボタンに手を伸ばしたところで――バシン！

競技カルタの勢いだ。瑠衣の白い手が爆速で《⑧》を押した。

「夜神……さん……？」

面食らっていると、どやぁ――瑠衣が勝ち誇ったように口の端を上げた。

まさかさっき怒ってたのって、俺が先にボタン押したから!?

「んだよ、言ってくれりゃ全然譲るのに……」

「ふふ」

ボタンを押せて満足したのか、すっかりご機嫌になった瑠衣がエレベーターを見回す。

全面ガラス張りだから、ちょっとした展望台感あるよなぁ。

だけど街の景色を眺めてるっていうより、エレベーター自体を楽しんでるっぽい。

彼女はガラス越しの機構を、興味深そうに見つめていた。

——もしかしてだけど夜神さん、メカ系好きだったり……？

予想的中。エレベーターを降りた彼女の目を奪ったのは、SFアニメ映画の映像だ。

無音ではあるが、液晶画面に予告編が流れている。広大な宇宙空間に、ロボットやシャトルがビュンビュン飛んでいく映像に、瑠衣は釘付けになっていた。

「夜神さん、俺たちが見るのこっちの方……」

すぐ隣で流れる、ミュージカル映画の宣伝を指差すも……ダメだ、全く聞こえてない。

そんなに気になるなら、見るのそっちにしても——や、でもなぁー。

あのアニメ、映像は綺麗だけど対象年齢低めなんだよなぁ、ウチの小町でギリギリレベル。

主人公野ねずみだし、前世とリンクしそうなラブ要素だってない。

その点、ミュージカルの方は純然たるラブストーリー。中世が舞台でファンタジー要素まであるし、記憶の解放には打ってつけの映画だ。

なのにああ……野ねずみパイロットを見守る夜神さんの目が、子どもみたいに輝いてる！　いつもは物憂げな顔がぱぁぁって明るいし、見えない尻尾がぱたぱた揺れてる！

これ絶対見たがってるやつじゃん、やっぱこっちに変更……ってダメだろ！

今日の目的はあくまで記憶の解放。夜神さんには悪いけど、デジャブ度の高いミュージカル映画一択だ……！

心を鬼にした俊斗は、ＳＦアニメに夢中な瑠衣を横目にチケットを購入した。


映画が終わっての感想は、『恵令奈ちゃん、マジでごめん……！』だ。

記憶の解放を優先して心を鬼にした俊斗は、だがしかし気付けばミュージカル映画……ではなく、ＳＦアニメのチケットを買っていたのだ。

頭の中で『へぇぇぇ、先輩の鬼ってずいぶん優しいんですねぇ♡　赤鬼かな、青鬼かな、ピンク鬼かなぁ♡　私もそろそろ鬼になっちゃおっかなぁ〜〜♡』なんてエア恵令奈ちゃんの恨み節が聞こえる。

けど、ＳＦアニメにときめく夜神さんを、見なかったことにはできなかったんだよなぁ。

記憶の解放用に持ってきたアイテムも、一つとして出せなかった。

ラブ要素は皆無でも、『一緒に映画を見る』ってイベントだ。望み薄でも『なんか肌寒いよな、よかったらこれ……』ってブランケット掛けてあげたり、『なんか沖縄成分足りなくね？　よかったらこれ……』ってシーサー飾ってあげたり、デジャブを狙っていろいろ試せたはずなのに……。

映画に集中する彼女を邪魔したくなくて、結局何もできなかった……って、シーサーの件はさすがに無理があるだろ、それはやんなくて正解だわ！

——とまぁ、そんなわけで記憶の解放は失敗。大荷物を抱え、隣に座る瑠衣を見つめるだけに終わった。

『それって映画じゃなくて、ただの泥棒猫観賞ですよねぇ♡』

ああ、エア恵令奈ちゃんからの罵声が聞こえる。

しかも——噂をすれば影ってやつ？　映画中は電源を切っていたスマホを起動すると、リアル恵令奈ちゃんからも怒濤のメッセージが来ていた。

〈先輩、今日は何してるんですか♡〉

〈先輩？〉〈ねぇねぇ♡〉〈先輩の恵令奈ちゃんですよ～？〉

〈先輩……お兄ちゃんに聞いたら、先輩今日は映画に行くって……〉

〈それって一人で、じゃないですよね……？〉

〈誰とですか？〉

〈ひょっとして、あの転校生と——？〉

〈不在着信〉〈不在着信〉〈不在着信〉

〈先輩、今どこですか〉〈先輩！〉

〈不在着信〉〈不在着信〉〈不在着信〉

〈先輩、このメッセージ見たらすぐに連絡ください！〉

〈絶対ですよ、絶対！〉〈絶対ですからね……！〉


うわぁ、リアルでも全部お見通しな感じ？

マジでごめん、ほんとスミマセンでした……！

エアとリアル――二人の恵令奈に心の中で土下座する。

けど今連絡しても、ややこしいことになるだけだよなぁ。変に弁解するより、帰ってからしっかり謝るか……。

猛烈な罪悪感を覚えつつも、スマホを一旦ポケットへ。

映画館を出て、ショッピングモールの広場へと向かう。

「陽高君、どうしたチュウ？」

様子のおかしい俊斗を心配した瑠衣が、こてんと小首をかしげた。

「や、なんでもない……。それより映画、予定変えちゃったけど楽しめた？」

まぁそんなの、聞かなくてもわかるけど。

夜神さん、始終キラッキラの瞳でスクリーン見つめてたし――

「陽高君ったら、急にアニメにしようなんて言うから驚いたチュウ」

さっきから語尾、野ねずみになってるし……！

「私はミュージカルでよかったのに、あなたがどうしてもって言うからまぁ……それなりには楽しめたチュウ」

語尾は野ねずみでも塩なんだ⁉　そこは素直に『楽しかったチュウ♡』でよくね？

「ふぅん、そりゃよかったチュウ」

「⁉」

俊斗がわざと付けた語尾に、目を瞠（みは）る瑠衣。無自覚で『チュウ』を連発していた事実に、ようやく気付いたようだ。

「〰〰〰〰〰〰〰〰〰〰〰！」

ボッと出火するように赤面した瑠衣が、声にならない悲鳴を上げた。

「で、なんだって？　それなりには楽しめたチュウ？」

「チュ、違うの、これは……その……」

観念したらしい。ぷるぷると恥ずかしそうに震えた瑠衣が、とうとう白状した。

「す、すごく楽しかったわ……息をするのも忘れるくらい……チュウぅぅ」

普段はしょっぱい彼女の本音が、やべぇ、すげぇ可愛（かわい）いんですけど……！

こんなこと言われたら、ＳＦアニメに変えたこと、後ろめたくはあるけど後悔はないって気持ちになっちまう。それに、やっぱり——。

隣を歩く瑠衣から、フィオナの波動を感じる。

外見は全く似てないのに、それでも確かにフィオナと歩いてるような錯覚に陥るのだ。

「なんか夢みたいだよなぁ……」

家族連れやカップルで賑わう広場を歩きながら、ついつぶやいてしまう。

「眠いの？　ちゃんと起きて」

スッと伸ばした手を、瑠衣が俊斗の眼前でひらひらと振る。

「や、夢みたいってだけで、別に夢見てるわけじゃねぇよ」

けど、こんな明るいうちから堂々とフィオナ（あくまで候補だけど！）と歩いてるなんて、前世じゃありえないことだもんなぁ。

コアレーテスでお芝居を見たときだって、劇場でこっそり落ち合ったんだっけ。

人目につかないように、変装までしてさ——。

「前世じゃこんな風に休日を楽しむの、ほんと夢みたいなことだったんだよ。夜神さん、前世の話なんてって怒るかもしんねーけど……」

「——ねぇ、陽高君は現世に生まれてよかった？」

「へ、そりゃまぁ……。こんだけ恵まれた生活してんだ、文句言ったら前世から罰が当たるわ」

「そう――」

それだけ言って、淡く微笑む瑠衣。

妙に懐かしいその笑顔に、なぜだろう、フィオナの姿が重なる。

儚げで陰のある微笑みに、胸がざわめくのだ。

――と、ぴたっ。

急に足を止めた瑠衣の視線は、アイスのキッチンカーを向いていた。

なんだろ、食べたいとか……？

「小腹も減ったし、アイスでも食うか」

「そ……そうね、あなたがどうしてもクッキー&クリームを勧めるっていうなら、付き合ってあげないこともないけど？　ストロベリーチーズケーキをプラスしろっていうなら、それでも構わないし？」

……って夜神さん食べる気満々じゃん、しかもちゃっかりダブルだし……！

ったく、ほんと素直じゃねーんだから！

「ほい、ご所望のクッキー&クリーム、ストロベリーチーズケーキのせ」

広場のベンチで待っていた瑠衣に、アイスのカップを差し出すと、

「ありがとう」

受け取って、ぱくっ――。さっそく口にした彼女が、ほのかに微笑(ほほえ)んだ。

「冷たくって美味(おい)しい」

やっぱり――。うまくは説明できないけど、彼女からは確かにフィオナを感じる。

波動だけじゃない、言葉にはできない何かがとてもよく似てて……。

怒らせるだけかもしれないけど、確かめなきゃ、だよな――。

瑠衣(るい)の隣に腰をおろした俊斗(しゅんと)は、真剣な面持ちで切り出す。

「蒸し返すようで悪いんだけどさ、やっぱり夜神(やがみ)さんがフィオナ……だよね？」

「…………」

ぱくり。アイスを口に含んだ瑠衣が、だんまりを決め込む。

甘いもの食べてても塩対応ってか……。

だけどこっちだって、このまま引き下がるわけにはいかない。

フィオナのために、それから恵令奈(えれな)ちゃんのためにも、『答え』を保留にし続けるわけにはいかないから――。

「俺さ、聞いちゃったんだよね。夜神さんが教室で倒れた日、寝言で『レオ』って言ってるの。俺の前世の名前、教えてもないのに知ってるのは、夜神さんがフィオナの生まれ変わりだから――だろ？」

ついに斬り込んでしまった。

肯定か否定か——固唾を呑んで待ってるってのに、どんだけ塩なんだよ。

沈黙のまま、ぱくり、ぱくり——。

黙々とアイスを食べ続ける瑠衣に、もはや苦笑しかない。

けどさ、この不自然なまでの沈黙、もう肯定してんのと同じじゃね？

そう思っていたら——


「……っ！」

彼女の美しい横顔が、痛みに歪んだ。

「夜神さん……？　まさかまた発作が……」

「違うの……けど……頭が……っ……！」

苦悶の表情を浮かべた彼女は——なっ、嘘だろ……!?

ぱくり、ぱくり。痛みに耐えながら、アイスを口に運び続ける。

「アイスを食べるとね……決まって頭が痛むのよ……。皮肉なものね……こんなにも美味しいのに、キーンって……。これはきっと、神が人類に与えし試練……っっ……！」

「や、それただのアイスクリーム頭痛……。アイスの冷たさを痛みと勘違いしてんだよ。もっとゆっくり食べれば平気だって」

「だけど、もたもたしていたらアイスが溶けてしまうわ。どんなにキーンとしても、アイスを食べる手を止めてはいけないのよ……！」

ぱくり。さらなるアイスを口にした瑠衣が「……っぁぁ！」と痛みに眉を寄せる。

「ちょっ、それなんの修行!?　今日そんな暑くないし、ちょっとくらいならアイスも待ってくれるって。ゆっくり味わえば痛くないから、ほら、やってみ？」

「そんな都合のいい話……。嘘だったら承知しないから……！」

疑いの目を向けつつも、今度はゆっくりと――ぱくっ。アイスを深く味わった瑠衣は、

「痛く……ない……！」

驚きにカッと目を見開く。

「そんな……。アイスという至福には、それなりの代償がともなうって、そう覚悟して生きてきたのに……」

夜神さんのアイス人生、壮絶すぎか！　クールなのに意外とポンコツっつーか、どっか抜けてるとこあるんだよなぁ……。

だけど、ちょっ、それ反則だって――。

ぱくり。口に含んだアイスをじっくりと味わった瑠衣が、とろけるように微笑む。

「陽高君、やっぱり痛くないわ、ただただ美味しいの……！」

ほんとマジで反則、ずるいって。

こんな幸せそうにアイス食べてる子に、前世だの寝言だの、もう問い詰めらんねぇじゃん。

まさかこれ計算？　俺に前世の話をさせないように、わざとやってる？

まんまとはぐらかされてるだけ――かもしれないのに、だめだ。もうお手上げ。

嬉しそうな彼女に、こっちまで嬉しくなってしまって――。

ああ――それこそが『答え』だって、魂が叫んでる。

「楽しい時間はアイスと同じね、あっと言う間に溶けてなくなっちゃう」

遠くの時計台から、夕刻を告げるチャイムが聞こえる。

至福のアイス――その最後の一口をぱくり。噛み締めるように味わった瑠衣が、寂しそうに肩を落とした。

「残念だけど、もうおしまい。そろそろ帰らなきゃ」

「そんな顔すんなって。アイスはまた食べりゃいいし、楽しいことだってこれからいくらでもできる、だろ――？」

「そう……ね……」

頷いた瑠衣の瞳には、憂いが揺れていた。

だめだ、そんな顔じゃなくて、さっきみたいな曇りのない笑顔を見せてくれよ……！

遥か遠い昔――前世も感じた衝動が、俊斗の胸を強く揺さぶる。

――と、ポケットでも物理的な振動が。スマホが通知に暴れているのだ。

「確認したら？　急用かもしれないわ」

荒ぶるスマホに気付いた瑠衣が促す。
「あ……ああ……」
けどこの鬼通知、誰からか察しはつくんだよなぁ……。
確認すると、やっぱり——。恵令奈ちゃんからのメッセージだ。
〈先輩！　既読ってことは、もう映画終わったんですよね？〉
〈不在着信〉〈不在着信〉
〈先輩、今どこですか〉〈まだ映画館だったりします？〉
〈不在着信〉〈不在着信〉
〈先輩、電話に出てください！〉
〈今すぐ伝えなきゃいけないことがあって……！〉
〈不在着信〉〈不在着信〉〈不在着信〉
〈先輩、そこにいるのはあの転校生——夜神瑠衣なんですよね？〉
〈だったらお願いです！〉
〈もう彼女には近づかないで！〉
〈指一本触れさせちゃダメ！〉
〈だってその子、先輩のこと狙ってる……！〉

〈まだ一緒にいるなら、即刻離れてください！〉

〈その子ともう一秒だって一緒にいないで……！〉

〈ねぇ先輩……お願いだから、今度こそ私を選んで——！〉


なんつーか、相変わらず強火のやきもち焼きだなぁ……。

けど、そっか……さっき既読スルーしちゃったし、それで不安がエスカレートしてんのかも。

火傷しそうなほどのメッセージに、ただただ圧倒される。

ここは早く返事して、安心させてあげなきゃ……。

そうは思う。

思うのに——ごめん。

視線は強い引力に導かれるように、瑠衣へと引き寄せられてしまう。

「どうしたの？　何か連絡があったんじゃ……」

不思議そうに小首をかしげる瑠衣。ミステリアスな瞳には、今もなお憂いが垣間見えて、俊斗の心を問答無用で揺さぶる。

「いいんだ、それより今は——」

再び通知に震えはじめたスマホを、ポケットに仕舞う。

前世にも覚えた熱い衝動は、紛れもない確信に変わっていた。

やっぱりさ——これ以上の『答え』はないって。

記憶はロックされてても、レオの魂が叫んでる。

夜神さんが、フィオナの生まれ変わりだって——。

なぜ彼女が頑なに前世を否定するのか、その理由はわからない。

前世を忘れてるだけって可能性も、ないわけじゃない。

けどさ、否定したままでも、忘れちまったままでもいいよ。

今はただ、夜神さんの——フィオナの笑顔が見たいんだ。

憂いや陰のない、心からの笑みが——！

「夜神さん、映画の他に何か好きなものある？　思わず笑顔になっちゃうものとかさ……」

前世の記憶を探してたはずが、これじゃフィオナの笑顔探しだ。

でもさ、ちょっと照れくさいけど、今ならわかる。

彼女の憂いを払うために、俺は生まれてきたんだって——。

「急に言われても困るけど……そうね、花は好きよ。見ているだけで心が安らぐの」

「花か……。それならさ、この近くに綺麗な花畑があるんだ。行ってみようぜ？」

「行くって、今から？」

「ああ、季節的にもちょうど見ごろなはず！　日が落ちる前に、ほら急ごう……！」

瑠衣からアイスのカップを引き取ってゴミ箱に捨てた俊斗は、

——こくん。

珍しく素直に頷いた瑠衣の手を取って走り出す。

今行けば、夕日に染まる美しい花畑が見られるはず……！

ショッピングモールの広場を抜け、小高い丘を登ると——

「よかった、間に合った……！」

目の前に広がるのは、純白の花々が咲き乱れる花畑だ。

「どうよ、綺麗だろ？　この辺りに自生する花なんだ」

花が好きなら、きっと喜んでくれるはず——！

満面の笑みを期待して瑠衣を見る。が——

彼女は笑顔どころか、真っ青な顔で固まっていた。

「夜神さん……？　この花、趣味じゃなかった？　綺麗だと思うんだけど……ほら、もっと近くで見てみたら……」

そう言って花畑に近づく俊斗を、

「だめよ、そこには足を踏み入れないで……！」

血相を変えた瑠衣が、大声で引き止める。

「大丈夫、ここ出入り自由なんだ。昼間は親子連れが花冠とか作っててさ、みんなの憩いの場っつーの？　だから……」

「そんなはずないわ、だって――」

「そうだ花冠！　せっかくだし、夜神さんにプレゼントするよ」

あれ、でも作り方どうだっけな？　小町が小さいころ散々作らされたけど……。

うーんと首をひねりつつ、白く美しい花に手を伸ばす。

「触らないで！　その花はビトゲム、触れると猛毒が広がるわ……！」

「え……」

懐かしい、だがありえないワードに俊斗は耳を疑う。

「……夜神さん、今、なんて――？」

ビトゲム――それは美しい見た目とは裏腹に、死の霧を撒く毒花だ。

前世でその事実を知らなかった俺は、フィオナに贈ろうとビトゲムの花畑に足を踏み入れ、とんでもない目にあった。

前世の記憶を持つ恵令奈ちゃんさえ忘れていた――いや、知らなかったその花の名を呼べるのは、『本物』のフィオナ以外にはありえなくて……。

「やっぱりそうだ、夜神さんがフィオナの生まれ変わりだったんだ――」

やべぇ、なんか涙出そう……。

どうしようもなく彼女に惹かれてしまうこの魂に、間違いはなかったんだ——。

興奮に震える手で、目尻に浮かんだ雫を拭った俊斗は、

「安心してよ、この花、言われてみればちょっとビトゲムに似てるけど、毒なんてないんだ」

なぁフィオナ、今度こそ君に贈るよ。

花畑にすっと手を伸ばし、純白の花を一輪——プチッ。

そっと摘んだ瞬間——


「あーあ、それはまだダメだってぇ。だから慎重にって言ったのに——」

ミリュビルの不吉な声がして、視界がぐにゃりと歪んだ。

なんだこれ、記憶の解放か——？

だけど、いつもとは明らかに様子が違う。

まるで嵐だ。純白の花びらが吹雪となって迫り、青い蝶の群れが竜巻となって俊斗を呑み込む。

キィィイン。ハウリングのような音が耳を劈いて——

『あなた悪運が強いのね、ビトゲムの霧を吸っても生きてるなんて。まるで何か不思議な力に守られてるみたい』

『無茶言わないで。いくら聖女でも、死んだ人間を生き返らせることはできないの。だけどそうね、禁術を使えば或いは――』

ひどく歪んだ声が、くぐもって響く。

これって内容的に、フィオナとの会話……だよな――？

記憶の糸に手をかけると――

っつぁぁぁっ……！

鈍器で頭を殴られたような、強烈な痛みに襲われる。と――

――ガチャリ。

いつもより重々しい音とともに、鍵が開いた。

ギ……ギギギ……ギギィィィ――。

錆び付いた記憶の扉が、脳をこじあけんばかりの暴力性でもって強引に開かれる。

扉の先は奈落だ。

闇の渦巻く前世に、意識だけが荒々しく引きずり込まれていった。

ここは、どこだ――？

気が付くと、月明かりの下にいた。

目の前に見えるのは、立派な噴水。その両脇には、美しい純白の花々――ビトゲムの咲く花壇があった。

そばには神殿らしき荘厳(そうごん)な建物もあって、『レオ』がいるのは神殿内の庭だと理解する。

けどこの記憶、いつごろのものだ――？

見覚えのない景色に、戸惑ってしまう。

ここってシャニールの神殿じゃないよな、コアレーテスか……？

それにしても、ビトゲムの花を育ててるなんて……。

不審に思った瞬間、一〇――いや、二〇人近くはいるだろうか。

どこからともなく現れたランブレジェの兵たちが、レオを取り囲んだ。

素早く剣を抜き、ギラリと光る切っ先をレオへと向けるランブレジェ兵。

当然、すぐにレオも応戦するだろう。

そう思ったのに、一向に剣を手にする気配がない。

なんで剣を抜かないんだ――？

過去の記憶だから手出しのしようがないが、居ても立ってもいられない。

ヒリヒリと焼け付くような緊張感に襲われていると――

「そこをどきなさい」

冷たい月の輝く中、ランブレジェの兵を掻き分けるようにして現れたのはフィオナだ。

白銀の長い髪が、ぶわりと風になびいた。

「逃げろフィオナ、全部罠だったんだ……！」

叫ぶように呼びかけたレオは、だがしかし、信じがたい光景に目を疑う。

「フィオ……ナ……？　なぜそんなものを……」

微笑みの欠片さえ見当たらないフィオナ。

手にしているのは、清らかな聖女には甚だ不釣り合いな代物だった。

「悪く思わないで、もうこれしか方法がないの――」

感情を押し殺した低い声。

凍て付くような眼差しを向けたフィオナは、ゆっくりとレオに近づき、そして――

——ドスッ。

手にしていた剣で、レオの心臓を貫く。

——マジ……かよ……。

記憶だから痛みなど感じない——はずなのに、受け入れがたい事実が、俊斗の胸を深く深く抉った。

「——ごめんね、来世では絶対幸せになりましょう……」

涙に声を震わせ、貫いた剣を引き抜くフィオナ。

勢いよく飛び散った血飛沫が、ビトゲムの花を汚した。

透き通る湖の輝き——レオが愛したフィオナの双眸は、禍々しいほどの紅に色を変えていた。

鮮血よりも激しい紅の奥に、濁りを帯びた邪悪な虹が浮かび上がる。

これはもう聖女じゃない、魔女の瞳だ。

穢れを知らないはずのフィオナから、冥府を思わせる不吉な波動が広がる。

黒に縁取られた、鮮やかすぎるほどの青——不意に現れた蝶の群れが、闇に落ちた彼女のそばで、パタパタと妖しく羽ばたく。

「フィ……オナ……どうして……」

俊斗が今まさに感じている疑問を、レオが震える声で問う。が――

答えを聞くこともかなわず、レオはビトゲムの花壇に倒れ込む。

ぶわり――。

倒れた拍子に純白の花びらが舞って、生々しいほどクリアだった視界がぼんやりと霞(かす)んでいく。

と――上空でジャラリと異様な音がした。

なんだよ、あれ……。

薄れゆく意識のなか目をこらすと、空には巨大な鎖が浮かんでいた。

どこからともなく現れたそれは幾重(いくえ)にも伸びて、夜空を覆い尽くす。

何がどうなってるんだ……？

鈍色(にびいろ)の鎖が、世界を縛るかのごとく張り巡らされていく。

もっと状況を把握したいのに、くそっ……！

アンロックされたのはここまでらしい。

どんなに目をこらしても、ピントの合わないカメラみたいに、視界はぼやけていく一方だ。

いや――まだだ。どうにかしてこの続きを……！

遠くなる意識を引き戻そうと、必死に抵抗するも――

不明瞭な視界でもわかるほどの、止め処ない赤。
レオから広がるおびただしい血の海に、はたと気付いてしまう。
解放された記憶はここまで——というより、これがレオの最期なのだ。
どんなに抗おうと、続きなど存在し得ない。
理解した瞬間、青い蝶の群れが立ち退きを迫るように暴れ回り、血に錆びた記憶の扉が
バタンと荒々しく閉まって——

『許してとは言わない、言えるわけもない。
だってこれは、私のわがままだもの——。
あなたの絶望と引き換えに、私はこの願いを叶える』

『そうね、これは紛れもなく大罪。だけど構わないわ。
この願いを叶えるためなら、私の全てを喜んで捧げる。
レオ、これが私の、あなたへの誓い——』

これは……フィオナの声……なのか——？
歪な、だけど祈りにも似た決意が響いたその刹那——

――ガシャン。
錠前を下ろす重々しい音が、俊斗(しゅんと)を現世へと締め出した。

血染めの記憶から現世に戻ってきた俊斗は、ただ呆然(ぼうぜん)と立ちすくむ。
いったい、どういうことだ……？

『ごめんね、来世では絶対幸せになりましょう……』

何度もリフレインしていたあの言葉は、ただのお別れじゃない。
運命の恋人が――フィオナがレオを刺し殺した際に放ったものだった。
猛毒みたいな記憶って、このことかよ……。
凍えるくらい寒気がするのに、嫌な汗がだらだらと這(は)うように流れる。
信じられない、信じたくもない。

だけどあの記憶が確かな前世なら――。

行き場を失った花を手に、恐る恐る振り返る。

夕日に照らされた瑠衣（るい）。その瞳は、魔女と化したフィオナのように赤く染まっていた。

「……なぁ、教えてくれよ。夜神（やがみ）さんが本物のフィオナで、本物のフィオナは俺を裏切ったって、そういうこと……？」

ひどく情けない声が、虚空（こくう）に響く。

何も答えず、沈黙を貫く瑠衣。

不意に吹いた風が、俊斗（しゅんと）の持つ白い花を散らして――

「何も思い出さないでって、言ったのに……」

観念したように口を開いた瑠衣が、ゆっくりと俊斗に近づく。

憂いを宿した瞳は切なげで、歪（いびつ）な虹すらも愛（いと）おしく揺らめく。

前世で俺を殺した相手かもしれないのに――

なんだよ……どうしたって憎めやしない。

込み上げるのは、彼女の憂いを払いたいなんて諦めの悪い想（おも）いだ。

「ねぇ、お願いよ、私の願いを叶（かな）えて」

瑠衣の白い手が、俊斗の頬（ほお）へと伸びる。

「本当はこんなこと、したくなかったのだけど――」

まさか、何かの魔法……なのか――？

彼女のブレスレットがギラリと妖しく光って――

「やめて！　先輩にひどいことしないで……！」

夕闇を裂くプラチナブロンド。

美しい髪をなびかせ、瑠衣を止めたのは恵令奈だ。

「恵令奈ちゃん、どうしてここに……」

走ってきたのだろう、ハァハァと息を切らせながらも恵令奈は言った。

「先輩、夜神瑠衣は危険です、先輩のこと狙ってる……！」

彼女の口ぶりは、嫉妬や牽制のそれじゃない。

本気で俊斗の身を案じる、鬼気迫るものだった。

夜神さんが危険で、しかも俺を狙ってるって、まさか命を、ってこと――？

確かに前世じゃフィオナに命を奪われたみたいだけど……って恵令奈ちゃん、夜神さんの正体に気付いて――？

いや、それよりも……

そんなことよりも――

目を背け続けてきた問題に、向き合わざるを得ない。

夜神（やがみ）さんが本当にフィオナなら、恵令奈（えれな）ちゃん、君はいったい誰なんだ？
フィオナのフリをする、フィオナそっくりな君はいったい……。

バクバクと暴れる鼓動。
不意に鳴ったのは例の亀裂音だ。
何かにヒビの入るような音がピキピキと、
いつも以上に長く、はっきりと聞こえた。

あとがき

ほとんどの方がはじめましてでしょうか、星奏なつめと申します。

他作品から華麗にワープしてくださった方々、いつもありがとうございます。

素敵なご縁から、ＭＦ文庫Ｊでは初の刊行となります。それもダブルヒロインものに初挑戦。さらには前世やロミジュリ要素に加えて、記憶の解放や魔法などのファンタジー風味まで……！　私にとっては初めてづくしです。

こんなにもたくさんの『初』が詰まった作品なら実質『初作品』――つまりはデビューほやほやの新人を名乗ってもよいのでは!?　そしたら多少の粗は優しく見逃してもらえ……ませんか、そうですか……。

冒頭から甘えたこと言ってすみません。だって本作、本当に大変だったんです。執筆期間、過去イチです。なんなら今も締切に追われています。今日中に原稿と、このあとがきを提出せねばなりません。私はよく『深夜二時までは今日！』という謎の理論で締切の時空を歪めがちなのですが、今回は『二四時まで！』との指定があるのです、えーん。時空アンロックの鍵はどこですか!?　というかいつもがヒドすぎますね、すみません……！

試行錯誤したぶん、楽しんでいただけますように！

内容に関しては、何を書いてもネタバレになりそうなのでここでは触れません。最後までお読みいただき、まことにありがとうございました。解散っ……！

……というのはあんまりなので、もう少しだけ。

ダブルヒロインものって、難しいです。恵令奈のシーンを書いているときは、絶対に恵令奈が選ばれてほしいと思ってますし、瑠衣のシーンでは、どうしたって瑠衣と幸せに～と願ってますし、誠司のシーンでは、誠司しか勝たん……ってあれ、ヒロイン増えましたね!?

そんなわけで、みなさまは恵令奈派でしょうか？　それとも瑠衣派？　よもやのヨナス派だったり!?　ぜひ教えていただけたら嬉しいです。

ここからは謝辞になります。担当のNさま&Sさま、いつも完璧なご助言&お導きをありがとうございます。ギャル語の監修（!?）も大変助かっております！

イラストを担当してくださったParumさま、一目で恋に落ちちゃうくらい可愛い恵令奈&瑠衣をありがとうございます。イラストからインスピレーションを受けて加筆修正した箇所も多々あり、なんとお礼を申し上げてよいやら。ノンストップ感謝です！

本作の制作及び販売にご尽力いただいた全ての方々、そしてこの本を手にしてくださったあなたに、来来来世にも続く無限大の感謝を！

またお会いできますことを心より願って！

（※このあと、キャラ紹介のページがあります。恵令奈&瑠衣はもちろん、ミリュビルやレベッカのイラストも最高にキュートなので、本を閉じずに最後までお楽しみください！）

Elena Nanahoshi
七星恵令奈
ヒロインの一人。
誠司の妹で、天真爛漫で愛くるしい高校一年生。類い稀な美貌を持つフィオナに瓜二つだが、髪色はフィオナよりも輝くプラチナブロンドで、胸のサイズはかなり控えめ。フィオナの記憶を持っているが、悲恋に終わった前世について積極的には話したがらない。俊斗への愛が重すぎて病み闇モードになることも。『今度こそレオ様と幸せに……！』と一途に願っている。演劇部所属。
【ななほし・えれな】
characters

R yagami
夜神瑠衣
【やがみ・るい】
もう一人のヒロイン。俊斗のクラスに転校してきたミステリアスな黒髪美人。魂の波動がフィオナに酷似しており、瞳にフィオナ特有の虹が浮かぶこともある。前世を否定しているが、『あなたのこと、一目見た瞬間から気になってる。これってある意味運命じゃない？』などと、思わせぶりな言動で俊斗を翻弄する。ただし、基本塩対応。名門女子校の制服を着ており、パッと見は優等生だが……！？
characters

Syunto Hidaka
陽高俊斗
【ひだか・しゅんと】
主人公。平和主義で、やる気なくダルっとしがちな高校二年生。前世はシャニール王国の騎士レオベルト（レオ）で、敵国ランブレジェの聖女フィオナと許されぬ恋をしていた。前世で魔獣ミリュビルと契約しており、フィオナの命を巡って現世でも翻弄されることに。フィオナに瓜二つの恵令奈と、フィオナの波動を放つ瑠衣――どちらが『正解』のフィオナか選択を迫られる。激しく甘えん坊な妹・小町（小学三年生）がいる。
characters

Seiji Nanahoshi
七星誠司
【ななほし・せいじ】
俊斗の親友で、恵令奈の兄。高校二年生。裕福な家庭のお坊ちゃまで、豪邸に住んでいる。貴公子を思わせる涼やかな美貌で女子にモテモテ。フェンシング部のエースで、選手の足りない部を盛り上げようと、隙あらば俊斗を勧誘する。
characters

F i o e l e n a
フィオエーナ
愛称フィオナ。レオの恋人で、ランブレジェ帝国の聖女。神々しく、人間離れした美貌の持ち主で、白銀の髪と豊かな胸が眩しい。澄んだ瞳に、七色の虹が浮かぶことも。強大な神聖力で人々の怪我や病を癒やし『慈愛に満ちた奇跡の女神』と称えられる。民からの人気はかなりのもので、敵対するシャニール王国にも隠れ信者がいるほど。レオとの恋は悲恋に終わったようだが……。
【ふぃおえれーな】
c h a r a c t e r s

Rebecca
レベッカ
シャニール王国の上級貴族・ムーブオ家の次女。桃色の髪と瞳を持つ、箱入りのお嬢さま。姉はシャニール騎士団の団長マチルダ。勇ましい姉とは違い、小動物のようにおずおずしている。容姿に自信がなく、髪で顔を隠しがち。家庭的で、手作りのパンやお菓子を騎士団に差し入れする。幼なじみのように育ったレオを慕っている。
【れべっか】
characters

Millieubill
ミリュビル
【みりゅびる】
魔石に宿る魔獣。性別不明。
黒い蝶の羽を持つ紫のウサギといった風貌で、魔獣にしては可愛い。が、性格は小憎らしく、俊斗をわざと苛立たせて愉しんでいる。人間態にも変身可能で、幼女に化けることが多い。エネルギー源さえあれば無限の力を生み出せるらしい。前世でレオにイレギュラーな力を貸しており、その際の契約を果たすよう俊斗に迫る。
characters

私を選んで、あなたのキスで ～運命のカノジョは私だけ!～

2024年1月25日　初版発行

著者　星奏なつめ

発行者　山下直久

発行　株式会社 KADOKAWA
〒102-8177 東京都千代田区富士見2-13-3
0570-002-301（ナビダイヤル）

印刷　株式会社広済堂ネクスト

製本　株式会社広済堂ネクスト

Printed in Japan　ISBN 978-4-04-683234-4 C0193

●お問い合わせ
https://www.kadokawa.co.jp/（「お問い合わせ」へお進みください）
※内容によっては、お答えできない場合があります。
※サポートは日本国内のみとさせていただきます。
※Japanese text only

◇◇◇

【 ファンレター、作品のご感想をお待ちしています 】
〒102-0071 東京都千代田区富士見2-13-12
株式会社KADOKAWA　MF文庫J編集部気付「星奏なつめ先生」係「Parum先生」係

〈第20回〉MF文庫Jライトノベル新人賞

MF文庫Jライトノベル新人賞は、10代の読者が心から楽しめる、オリジナリティ溢れるフレッシュなエンターテインメント作品を募集しています！ ファンタジー、SF、ミステリー、恋愛、歴史、ホラーほかジャンルを問いません。
年に4回締切があるから、時期を気にせず投稿できて、すぐに結果がわかる！ しかもWebからお手軽に投稿できて、さらには全員に評価シートもお送りしています！

イラスト：konomi（きのこのみ）

通期

大賞
【正賞の楯と副賞 300万円】
最優秀賞
【正賞の楯と副賞 100万円】
優秀賞【正賞の楯と副賞 50万円】
佳作【正賞の楯と副賞 10万円】

各期ごと

チャレンジ賞
【活動支援費として合計6万円】
※チャレンジ賞は、投稿者支援の賞です

選考スケジュール

■第一期予備審査
【締切】2023年 6月30日
【発表】2023年10月25日ごろ

■第二期予備審査
【締切】2023年 9月30日
【発表】2024年 1月25日ごろ

■第三期予備審査
【締切】2023年12月31日
【発表】2024年 4月25日ごろ

■第四期予備審査
【締切】2024年 3月31日
【発表】2024年 7月25日ごろ

■最終審査結果
【発表】2024年 8月25日ごろ

MF文庫J
ライトノベル新人賞の
ココがすごい！

年4回の締切！
だからいつでも送れて、
すぐに結果がわかる！

応募者全員に
評価シート送付！
執筆に活かせる！

投稿がカンタンな
Web応募にて
受付！

チャレンジ賞の
認定者は、
担当編集がついて
直接指導！
希望者は編集部へ
ご招待！

新人賞投稿者を
応援する
『チャレンジ賞』
がある！

詳しくは、
MF文庫Jライトノベル新人賞
公式ページをご覧ください！
https://mfbunkoj.jp/rookie/award/